李莎隨筆集

何事不可愛

李莎—— 著

【自序】生活處處可修行，身邊人人可為師

人生是連續的，回憶卻是片段式的。

從 2020 年初疫情全球大面積爆發開始，我嘗試把自己的日常隨感以公眾號文章的形式發布，一方面是希望敦促自己，及時反省自觀，另一方面也期許以這樣一種形式來記錄人生一段奇特的經歷，只是沒想到，這一寫就是整整三年。

當全球都陷入疫情之中的痛苦迷茫與期望時，這份所思所感，能為關注我的朋友們提供一點點幫助，或許有一個被觸動的瞬間，可以在生活中形成正向的回饋，那便是好事一件，幸運之甚了。

於是我大約保持著每週一篇的頻率，記錄著生活中發生的一些瑣碎小事，有些事甚至平凡到當我自己回看文章時，都會為自己有這樣的感觸而訝異。時光匆匆而過，被記錄下來的時光，成了被鐫刻下的寶藏。

寫作的習慣，來自於少女時期母親對我的鼓勵和鞭策，那時我是一個偏科嚴重的女生，對於語文、歷史是無比的熱愛，對於數學、英文則是完全無感。母親總是鼓勵我閱讀，她說：「開卷有益，別整日看電視，文字是需要大腦的思維去呈現的，所以多讀書的人思維開闊，想像力豐富。」

於是，很多個假日我都在市新華書店中度過。每每寫了文章，總是拿去讓母親審閱，期待獲得隻字片語的認可，而母親也總是仔細地讀著，並且提出了許多有建設性的意見，同時監督著我一遍遍修改。

　　到了初中，我便開始寫小說了，只是那時的讀者僅是班上的同學們，這樣的愛好持續到高中，我依舊堅持寫著自己天馬行空的小故事。

　　很多年後的某一日，回到故里，母親打開櫃子，如數家珍般地拿出我當初的「手稿」，那些見證著我少女時代的文稿，那些稚嫩的筆觸和絢麗的想像，都在我不知道的時候，被母親妥帖地收藏了起來。

　　我的人生倘若有幸有一點成就，都要感恩那無條件提供愛意的母親。這些年無論是在工作上還是生活中，母親除了愛護我，也對我的孩子們傾注了無數心血。

　　正是因為有了這樣源源不斷且炙熱的愛，讓我無論身處世界的哪個角落，只要想到母親心中便是一股暖流。直到現在，和父母親相見的週末時光，也總是讓我倍感溫馨，覺得自己似乎又變成了一個小女孩，可以向他們耍賴撒嬌。

　　父母的悉心照護，可以讓人保有一份永不消逝的童真，這份真情讓我在接近不惑之年，依然有著敏銳的覺察力和孩童般的好奇心，從而看到生活，嘗試生活，體會生活。

如果説這本散文集有什麼主題，那便是想傳達一種「生活處處可修行，身邊人人可為師」的態度，進而鼓勵每一位朋友、每一位讀者，在自己的日常生活中多沉浸、多投入，在具體中感受生命的喜悦與美好。

　　許多人會覺得自己的生活很單調、很平淡，但仔細想想，就會發現實則不然。以一個上班族為例，從早上出門開始，前往地鐵站的路上，會看到剛出爐冒著熱氣的包子店、道路兩旁剛被雨水沖刷過的四季青，還有步履匆匆、衣著各異的行人，和自己一同奔赴嶄新的一天。

　　這一切都是多麼細膩而又真切的生活啊！只是我們太習慣於它們的存在，把一切都當成了理所當然。其實每一天都有截然不同的奇遇，所以書中有一篇名為「四季好時節」，就是因為每一天都有它的魅力與韻味，我們可以從季節更替的角度去感受它、享受它，甚至加入它。

　　當然，體味生活還有許多不同的角度，生活不只一面，每個人都應當用心去發現這一點。

　　看書、觀影，都是很好的觀察媒介。書籍與影視作品，將旁人波瀾壯闊的一生，凝結成寥寥數語，從而讓我們在短短幾天，就可以旁觀完一場聲勢浩大的人生旅程。所以會有「身體和靈魂總有一個在路上」的説法，再次證明汲取旁人思想精華的必要性。

過去兩年多的時間外出不便，幾乎沒有進行過深度的旅行，但是「失之桑榆，收之東隅」，這樣看似拘束的環境氛圍下，看書和觀影，便是極佳的放鬆方式。

　　是讀者，也是作者。在這些年寫書的日子裡，我賦予了書中角色各式各樣鮮活的性格與迥異的命運，這些極致的人生經歷，現實中的我們幾乎無法擁有。我們生活在一種細碎的平淡中，偶爾有一些波瀾壯闊的事件，衝撞著我們晃晃悠悠的小船，但平淡的生活也有平淡的樂趣與美妙，一種悠然的美。

　　另一項觀察生活的方法更加具有互動性，幾乎每個人每天都在進行，那便是與人交流。這種交流的涵蓋範圍其實很廣，既包含擦肩而過的匆匆一瞥，也包括促膝長談的人生摯友。我們看旁人，旁人也在觀看我們，這是人與人產生聯繫的基礎，就是一種生命自帶的審視感，沒什麼不好，更多的是看此人的發心。

　　發心是正，便是以人觀己，不會過度去指摘他人的生活，而是透過他人的經歷，來拓展自己認知的邊界。與他人互動得越多，我們便會越愛這個世界，愛這個世界的活力與多彩，也愛這個世界的無奈與落寞，一體兩面，是道法，亦是人生。

　　我在書中談及了不少與朋友相處的趣事，看起來火藥味十足，但這份真實感也彌足珍貴，我真心感謝我的朋友們，他們是平靜生活中的一簇煙火，瞬間點亮周遭的暗淡，讓我看到

從未發現的世界。

可以說每個人都是大隱隱於市的修行者，只要有一顆追求自我完善的心，生命的拼圖就是無限的。靈魂的終點與生命實體不同，只要你永遠處在路上，靈魂也永遠處在動態充盈當中。所以請多關注一些身邊的人和事吧，具體的人、事、物會帶你走出虛無，走向盡頭的大愛。

謹以此書獻給我親愛的母親，也獻給我摯愛的所有家人與朋友們，以及同在紅塵中修行的讀者們，是因為你們的陪伴與支持，我才能擁有如此之多的幸福美好與多樣化的人生體驗。

目次

生活的兩面

硬幣的另一面

　　剛入道門的時候，師兄們就告訴我，**修道就是修生活**，在生活之中前行，對照自己的感受修正自我，認識世界的本質和客觀規律，然後依道調整自己的不足之處，就是修行。

　　有很長一段時間，我都不理解這段話，直到某天聽到另外一個朋友 A 小姐評價自己的工作狀態時，我才忽然有些明白了。A 小姐擔任著公司的要職，因為手下管控著好些員工，用她同事的話說，她工作的環境可謂「水深火熱」——工作團隊之中有一、兩個「刺頭」，有一、兩個喜歡偷懶摸魚的人，中間能幹活的幾個，能力又不太強。偏偏主管的要求又很高，所以在工作出現問題的時候，A 小姐不僅要擔任「救火隊長」的角色，還要飽受上級的批評。

　　看到 A 小姐的狀態，朋友們都心疼地要她乾脆辭職算了，反正她也不缺錢，沒必要受這種罪。但是，A 卻給了一個令大家十分意外的回答，她說，她堅持工作，不是為了錢，也不是為了挑戰難度和提升自我，而是因為工作和生活，原本就是一種修行。

正因為工作給自己提供了很多可以參照的案例，她才能夠更加清晰地看到自己擁有什麼，同時可以更勤奮地鞭策自己前行。

A 說的話，不禁讓我想到《道德經》之中「故有無相生，難易相成，長短相形，高下相傾，音聲相和，前後相隨。是以聖人處無為之事，行不言之教，萬物作焉而不辭，生而不有，為而不恃，功成而弗居。」

我想，A 是希望過一種有對比的人生。因為有對比的人生最大的好處，就是我們能從更全面的角度，觀照自身的某些缺陷。就像這個世界有了普通人，我們才能更加瞭解聖人的好處一樣。「道」，也是讓我們透過對比，來觀照自己身上的某些缺點，看到問題的時候，能夠警示自我不去犯同樣的錯誤；看到優點時，能夠見賢思齊。

的確，如果這個世界上只有我們自己，或者說，我們若是處在一個封閉的世界裡，我們會很難真正認識到自我。不光是物理學需要參照物，修行也需要參照物，生活之中的折磨、工作之中的痛苦，從另一個角度而言，其實就是為了讓我們重新審視我們自己的人生。

再比如用普通大眾和人中龍鳳的差別來對比，普通人可以近乎完整無缺地獲得人的待遇，可以不用戴墨鏡、毋需配保鏢就隨意上街；普通人也可以不必注意形象，隨意帶著肚子上

的贅肉去游泳，絲毫不用擔心被拍攝下來會影響自己的形象。普通人會努力做事，求取認可與肯定，也會在沒盡力或運氣不佳時，遭遇挫敗遺憾後悔。

但是那些人中龍鳳的成功者則不一樣，因為他們頂著世俗社會給予的成功光環，他們說的每一句話都被奉為箴言，他們做的每一件事都被貼上了正確的標籤而大肆宣揚，長期在這種回饋下，他們反而無法看到自身的真相。

修行的前提，就是從複雜紛亂之中發現真相與規律，進而依照真相前行。要發現真相，真實的資訊收集很重要，而要得到真實的資訊，就需要有真實的回饋。

建構世界的因素十分複雜，從來都不是涇渭分明的，而是混沌一體的，我們稍有不慎，就會滑向欲望的深淵。

其實，我們身邊那些違背規律的、令自身不快的人或事，就像是我們的一面鏡子，從這面鏡子之中，我們照見了真實的自我，看到了硬幣的另一面，提前預知了放縱自己欲望的結果，從而對自己的行為產生警示，防範於未然。

我很早前就在書中看到過一句話：「**一個人的彪悍，往往來自於他的溫和。**」這個世界上，善惡是一體兩面的，我們無法處在一個完全正確的環境之中，某些清規戒律背後也藏著汙垢；有很多人或者團體藉此之名，塞了很多血腥的私貨。世界就是如此豐富，而人心總是欲求不滿。

更模糊是由於我們的認知邊界不停的擴大，我們會認識到所有評判標準的局限性，正如所有看似固定不移的東西都在移動，包括你腳下的土地。

這種混沌一體，讓我們更理解何謂敬畏，何謂寬容。敬畏是對道的敬畏，我們不再渴望純粹的「真空」，因為我們能穿透生活的一體兩面；寬容則是對眾生的寬容，因為我們看到別人的生活，對人生會多一重深刻的理解。

花開生兩面

今天和一位道長聊天，好久未曾見面，本想著再去終南山之後，順道便去他那裡走走，未曾料這一拖就是兩年多。

他說：「近來疫情可有影響你？廣州可好？」
我答：「目前生活影響較小，在廣州還是安逸的，只是孩子們在上網課，我操點心罷了。」
他說：「那正好可以靜心修煉一下。」
我答：「修煉不了，心還是不靜。」
他說：「怕是想要的太多，心才不靜。」
我答：「也不是想要什麼，只是為上海的一些現狀而憂愁⋯⋯」

前些天因為疫情關係，孩子們上網課，我陪著大女兒在佛山順德和大良住著，順便帶她品嘗各種小吃。很顯然，她對美食的熱愛程度比我低多了。我總是打著帶她尋找美食的理由，將自己的肚子填得滾圓。

　　正當自己滿足之時，想起此刻還未解封的上海親友們，不免心中掠過一絲惆悵與無奈。最讓人不願面對的是那種無力感，那是明明知道癥結所在，偏偏無法改變的無力。

　　週一下午，女兒上完網課，我帶著她去外面散步順便透透氣。在廣場上，有一位約莫十六歲的少女一手擎著線，一手舉著一隻燕子形態的風箏在奔跑。許是今天並未起風的緣故，跑了許久風箏也飛不高，旁邊應是其同行的女伴，拿著手機記錄著，看她跑得氣喘吁吁徒勞無功，倒也不惱，二人笑成一團。我見狀，也不禁跟著笑了起來。

　　看著少女這般無憂無慮的快樂，心下實在豔羨，自己十六、七歲的時候，也是如此輕易便興高采烈一整天。隨著年紀的增長，有時卻發覺快樂的臨界值彷彿變高了，倒也不是缺少了對生活的感恩之心，而是有時思緒被瑣事牽絆，灰撲撲地籠上了一層蛛網，經歷了各種不大不小的磋磨，難以和以前一樣明媚陽光了。

　　夜晚，女兒在寫功課，我翻看著自己之前的一些隨感，看到自己當初所寫的「以出世之心行入世之事」這句話時，瞬間便覺得心下澄明，思路豁達了。

　　的確，長久浸淫在這人世間，見證了太多生活的不易與艱辛，入世久了，便容易沉迷其中，覺得生活何其艱難，來世上一遭，難不成就是為了歷經磨難，見證遺憾？

有了出世之心，便為這茫茫人生指明了點點方向。心靈的修為與肉體的經歷不是完全一致的，不管當下在經歷何種苦難，只要時刻保持自己心靈的自由與獨立，從某種意義上來說，便是清風拂山崗。世間的愛恨情仇、悲歡離合、起起伏伏，便都是無法傷及自身的。

　　當然這很難做到，我們從這俗世獲得愛與快樂，必然也會受到傷害與悲痛。以前有一檔節目，曾因其真實性而收視長紅，後來卻停播了，其中一部分原因是主持人患上了憂鬱症。大家都感到驚詫，一個在節目中如此幽默風趣、妙語連珠的中年男子，工作也體面又有意義，怎麼也會憂鬱。

　　除去突發的生活變故，這檔節目中遇到了太多僅僅是活著已是不易的普通人，比如早年喪父、青年喪母，隨即失去妻兒的大爺，這讓本就同理心極強的主持人越來越哀嘆，麻繩專挑細處斷，生活似乎只欺窮苦人。

　　心理學上的課題「分離的思維方式」，確實可以讓我們一定程度上，免受他人之苦所帶來的情感之痛。但某種程度上，也讓我們在不經意間變得冷漠，變得對他人的困苦無動於衷。

　　或許我們沒有足以抵禦社會情緒氛圍影響的粗神經，無法對人事變遷置身事外，然而人海浮沉中，或許有新的際遇。

　　新的際遇來源於新的理念，無論是誰，都會在陷入困境時，反覆咀嚼自己的痛苦，無限放大，最終迷失自我。

　　所以無論是佛家的禪定，還是道家的打坐，都是在清空自己的思想，在放空之中，在虛無之中，獲得思維上的新生。因為每個人的心中都有一片寧靜聖潔之地，在那裡，你永遠都可以受到庇護，做真正的自己。

　　諾貝爾文學獎得主赫曼‧赫塞說過：「**最危險的時期和對心靈最大的戕害，莫過於一天到晚沉思自己的性格、處境，孤獨地承受自己的不滿和弱點。**」

　　其實也是在指引我們每個人，不要耽於過往，迷失在無法改變的境況當中。疫情中有段時間，我每每看到一些負面的新聞報導，都會產生對應的情緒波動，有時甚至會因此鬱鬱一整天。這便是沒有修行至「出世之心」，世間萬般皆可成為修行的倚仗，自觀、自覺、自省，慢慢地提升自己的心性。

　　我們總是不自覺地看到溫情畫面時嘴角上揚，無論是親朋好友們其樂融融歡聚的場景，還是動物界親昵溫存相依之時的姿態，都會讓人覺得這景象充滿了陽光與善念、真摯與溫柔。同時，我們也常常將念想寄託於神明之處，其原因還是因為我們在自然面前，在社會大勢之下，何其渺小而微弱。

　　夫天地之常，以其心普萬物而無心；聖人之常，以其情順萬物而無情。故君子之學，莫若廓然而大公，物來而順應。

　　這種廓然大公，便是儒家常道「內聖外王」的精髓，即無內外之分，養得此心不動，達到內外平衡，達到自我和世界

21

的平衡。以出世之心，面對世間風雨飄搖自巍然不動；行入世之事，面對世間人情百態行盡力之事。

　花開生兩面，出入皆自然。

在苦樂之中自我平衡

　　工作室最近接二連三發生了幾件小事，說起來都乏善可陳，但想要忽略卻又不能。因為這些小事，切切實實地影響著大夥的情緒，面對生活瑣事和煩心事時，大家腦袋中常常會冒出來一個詞：「水逆」。

　　自從接觸到這個詞之後，我發現這個詞似乎出現得很頻繁，我經常在生活中聽到「水逆」這兩個字。學過一些西方古典占星術的我，知道「水逆」其實是個誤區和偽命題，只不過我最後就接受了大家所描繪的「水逆＝不順心」這個概念罷了。

　　有些朋友們一年十二個月，幾乎有四個階段都處在「水逆」之中，讓人不由得會想，「水逆」出現得這麼頻繁，是否因為其正是生活的常態之一？

　　順著這個點思考下去，想起了錢鐘書先生說過的那句話。錢鐘書說：「常語稱歡樂曰『快活』，已直探心源；『快』，速也；速，為時短促也，人歡樂則覺時光短而逾邁速，即『活』得『快』。如《北齊書・恩倖傳》和士開所謂『即是一

日快活敵千年」，亦如哲學家所謂『歡樂感即是無時間感』（Lust fühlen heisst die Zeit nicht fühlen）。樂而時光見短易度，故天堂一夕、半日、一晝夜，足抵人世五日、半載、乃至百歲、四千年；苦而時光見長難過，故地獄一年只折人世一日。」

　　說到底，還是我們自己的感知問題，因我們對生活之中那些快樂的時光，大多沒有什麼記憶，這樣的時光，麻痺了我們的感官，因此當我們在快樂的時光之中，總覺得時間流逝極快；而「水逆」的日子，因為它總是不盡如人意，所以常常令我們感覺到煩惱和焦慮，身處在這種狀態之中，常有度日如年的不順之嘆，因此，我們將其命名為「逆」。彷彿主宰者變成了一個叛逆的小孩，要來給我們搗亂，讓我們偶爾也過幾天不順心的日子。

　　其實，靜下心來思考的時候，你會發現，生活就是這樣苦樂交織著的。修行的「修」，是修正，因為我們生下來並不完美，我們身上並不是只有那些好的東西，所以我們要在後面的行為之中，慢慢修正自己。

　　常態化的水逆的「逆」和短暫的「順」，都是人生之中必不可少的一部分，我們因為知「逆」，從而知「順」。

　　一個人如果想要從痛苦中解脫，首先要「知苦」，這個很好理解，首先要知道什麼是苦，你才不會畏懼它。就像看

病，首先得知道是什麼病，知道病因，再去除病因。

很多人不快樂，就因為他們不願意瞭解痛苦，他們希望人生之中只有快樂。《道德經》第四十四章：「得與亡孰病？是故甚愛必大費，多藏必厚亡。知足不辱，知止不殆，可以長久。」

主動親近痛苦，其實是為了瞭解痛苦。很多人追求的往往是「快」而不是樂，人生的很多恐懼，都是源於未知。要知道痛苦，首先要主動靠近它、瞭解它，這是很難的，瞭解了它，知道是什麼令我們感到不好，才有破解它的可能性。

知苦，才能懂樂。尋常人去尋樂，是希望自己的人生裡，一點不好的東西都不要有。當然他們理解的快樂也比較單一，有很多錢、事事順心。但這種快樂始終是向外求索，不是從自己內心生長出來的，本質上，這樣的快樂，追求的還是感官的刺激。

比如說，一段不合適的曖昧關係，享受著曖昧帶來的情緒滿足，這在當時看來是樂，但是會引起未來更大的麻煩和痛苦。所以先賢說，聖人能看到一丈遠，賢人看到一尺遠，而普通人連腳下的溝溝坎坎都看不見。

又比如說，一個人青年的時候因為炒股賺了很多錢，但是他的財運行完之後，他的這些錢很快又虧掉了。但是這次暴富的經歷令其沉迷，所以他後面總是懷揣著「一夜暴富」的渴

望，做任何事情都不能踏實，根本不想去做實業，總是和一堆人混圈子，把希望寄託在圈子中獲得機會和資源，最終多數依舊是幻想如泡影般逝去。

這只是一種抽象的比喻，所謂的「看不見」，是沉迷於當下的快樂，看不見後面的障礙。這就好像武俠小說裡，內力深厚的人品嚐一道菜，如果菜裡下了毒，筷子剛遞到嘴邊他就察覺到了；但是如果是沒有道行的普通人吃菜，是地溝油還是優質油，一般都分辨不出來，要到拉肚子了才反應過來。

所以，水逆並不是逆，而是一種人生的常態，它提醒著我們，真實的人生沒有定論，而是一種勢能的互相轉化。

在苦樂之中自我平衡，緩慢地修正我們不好的思維，才能獲得內心的平靜和幸福。水逆和順境交替出現，正是為了提醒我們，保持我們內心的平衡。

生活之中的不順心和煩雜之事，本就是自然又合理的常態，哪有那麼多風花雪月與美好時時降臨。但也正是如此，我們才能就算身處困境也會仰頭期望燦爛的陽光，會更加珍惜當下正在流逝的點滴美好。

喜惡同因

　　最近看了一期由羅翔和 Papi 醬共同參與的談話節目《確實該聊聊》，作為思想十分活躍的兩位內容型主持人，談論的話題隨意卻又內容充實，其中關於好惡的思考很引人入勝。

　　作為公眾人物，當影響力大到一定程度時，自然免不了受到大眾的討論，繼而出現完全不同的聲音。有人很認可的同時，一定也會出現反對的聲音。如何去看待他人對自己的這種喜愛和貶低呢？羅翔老師談到了一句話：「**愛者惟見其善，恨者惟見其惡。**」

　　這句話是唐太宗在諫臣魏徵去世後，前往其家中發現的一本未完成的文稿，是魏徵臨終前仍心繫國家，想要告訴太宗的諫言。喜歡一個人，便只看到他的善良，憎惡一個人便只看到他的罪惡，情感左右下的判斷，本身就是一種十分個性化的觀點。

　　因此羅翔老師和 Papi 對這一話題的態度，具有高度的一致性，那就是不要太在乎他人的褒貶。太多的掌聲中，人是很容易飄飄然的，在鮮花團簇之間，討伐的聲音是如此的刺耳，

選擇性的失聰，是一種自欺欺人，也是在一步步走向迎合觀眾的囚籠。

這確實是一個不缺少偶像的時代，但卻也是一個十分需要榜樣的時代。偶像的「偶」和愚昧的「愚」，都是以「禺」字為部件，在古意中，「偶」是同「愚」含義的。

換言之，偶像崇拜本身是一種愚昧的行為，偶像是人造的，最終也會被人們從神壇上拉下來。榜樣是木字旁，說白了，是可以效仿的一種版樣，我們需要榜樣來對照提升自己，實現自身的完善。

作為一名創作者，希望自己的作品受到大家的認可和喜愛，是無可厚非的。但在發布自己作品的時候，就應該做好這份作品不可能得到所有人喜歡的思維準備，也需要有合適的心態來面對尖銳的批評和惡意的評論。羅翔和 Papi 在發展中，都有過被「炎上」的階段，所以當他們談到這個話題的時候，有一種歷盡千帆的舉重若輕。

首先我們要懷著盡量大的善意，去看待那些不好的聲音，不要一開始就預設對方純粹是出於負面的目的來進行評論。其次，我們也不要把收到的讚美看得太重，因為這些也都只是暫時的。

很多時候，喜愛和詆毀如影隨形，我們在乎誇獎，也就無法擺脫謾罵。把目光轉到那些更加值得去投入時間、付出情

感的地方，親人、三五知己，乃至我們的內心世界。

　　我很喜歡這期節目帶給我的七分淡然和三分思索。活得自在的人，像是這個時代的隱士，大隱隱於市，不懼怕與人交流，坦蕩地分享自己的觀點，但同時不會被他人的好惡所裹挾，自己給自己的心上加碼。

　　被人喜歡甚至崇拜，和被人貶低乃至嫌惡，實際上是同一件事。一個人喜歡講笑話，有些人會覺得膚淺低俗，有些人會覺得風趣幽默。然而這個人的行為舉止是一樣的，我們不可能討所有人的歡心，所以沒有必要因為一些不一樣的聲音，就去改變自己，畢竟哪怕是聖人，也有人會去指摘。

　　但這裡又涉及到一個問題，我們總會想去討那些我們在乎的人的歡心，即便我們可以輕易做到不在乎芸芸眾生的看法，因為他們很多人只是我們生命中的匆匆過客，但對於至親至愛或者我們有所求的人，我們又該如何放下那份討好的心？

　　一個很常見的現象，父母希望我們過的生活，和我們自己想擁有的生活往往是有偏差的，甚至在某些方面是完全相反的。這種差異可能會讓父母對孩子產生責怪、擔憂等情緒，並期望其可以修改方向，回到既定的軌道上。

　　對待這種親密關係中的負面評價，劃好自己和他人的分界線，在一些無法做妥協的方面，要堅定自己的內心。其實還是一個優先順序的問題，是把他人的感受放在第一位，還是把

29

個人感受放在最重要的地方？

　　如果存在著各方都滿意的解決方案，也就不會有「世間安得雙全法，不負如來不負卿。」的嘆息，也不會有「自古忠孝難兩全」的遺憾了。

　　明確自己的線在哪裡，堅守它。愛也好，恨也罷，沒有哪一種情感是一成不變的。生活的波瀾起伏，必然會帶來情感的流動，既然都是流動變換的，又何須在乎一時的喜樂之盛、厭恨之重呢？

　　喜惡同根，是非同門，逍遙散人，山間鬧市。

顛倒的世界

　　前段時間經朋友推薦，看了部法國喜劇電影《這個男人很難搞》，講的是一位花花公子跌入了一個平行世界，一個由女性占據主導權的社會。在這裡，一切習慣和尊卑觀念都改變了，男人負責貌美如花，化妝、墊臀、脫毛；女人負責掙錢養家，打籃球、短髮、穿西裝。以一種鏡像的手法，展示了女性所面臨的現實困境。

　　故事主線與今年跨年檔的電影《絕望主夫》類似，先塑造一個典型大男人主義形象的男主角，再將這個主角投入到一個極致權力顛倒的世界，透過這種巨大的反差，來抽絲剝繭般展示主角的成長與醒悟，進而探討當下女性所處世界的不易與束縛。

　　想來《絕望主夫》也是對《這個男人很難搞》有所借鑒的，討論的話題基本一致，也是近年來提及頻率越來越多的話題：男權社會與女性主義。

　　女性主義的定義多種多樣，有偏激進的流派，也有較為溫和的觀點，眾說不一。我個人對此也是未知全貌，不敢妄下

定論。直到看到一位女性學者分享自己的觀點：「凡是女性產生的，想要改變現有社會不公平現狀的想法，都可以歸類到廣義的女性主義。女性主義不僅僅是為女性爭取平等和正義，而且也是為了改變社會對於性別角色的刻板印象和偏見，以及為男性和其他性別的人爭取權利和自由。」

多麼偉大的願景！這其中不僅僅是某一性別的權利得到了爭取和保障，甚至延伸到了其他相對弱勢的群體，這種詮釋本身所暗含著的平等與悲憫，如同大地之母般包容與和順。

我無意去探討女性主義的發展與當下社會的弊病，只想拋開性別不論，把這種男女關係推及至普世意義上的人與人相處，其實可以發現，人與人之間常存在衝突，常有著強弱之分、高低之別。

所有的不平等，都是由於立場不同，這也就是為什麼電影敘事中，會粗暴的把主角直接扔進一個完全相反的世界，這種強烈的反差衝擊，會讓人不得不思考什麼是對、什麼是錯；什麼是自己得了便宜還賣乖，什麼是他人打落牙往肚裡吞。我們這些看故事的人，也能在捧腹大笑的同時，去再一次明確自己所在的處境，自己能做的努力。

現實世界沒有魔法，沒有奇遇，所以我們只能嘗試去換位思考。換位思考是一個社會學名詞，被認為是人與人交往的基礎，核心是多站在他人的立場想問題，從而可以更加和諧寬

容地與他人交往。

　　現代科技透過很多手段，在一定程度上幫助人們達成換位思考，例如 VR 技術，讓人們在虛擬世界中身臨其境，體會現實世界無法經歷的事；比如劇本殺，也是沉浸到一個完整的故事劇情當中，透過扮演他人來實現自己的心靈冒險，畢竟一個人一生所能體驗和經歷的有限，但是劇本殺，可以讓尋常人有機會投入到跌宕起伏的不同情景中。

　　近些年還有分娩疼痛體驗館，可以讓男性體會到身為人母所要經歷的疼痛與不易。諸如此類，不勝枚舉，可以說我們已經擁有很多方法，去為換位思考提供基石了。

　　但是真正的換位思考，依然是十分困難的。

　　魯迅曾在《而已集》中寫道：「樓下有個男人病得要死，那間壁的一家唱著留聲機，對面是弄孩子，牆上有兩人在狂笑，還有打牌聲。河中的船上有女人哭著她死去的母親。人類的悲歡並不相通，我只覺得他們吵鬧。」人是很難從上位者的角度去主動撤位彎腰的，這不符合人本性中的趨利性。我們常說：「未經他人苦，莫勸他人善。」但又有幾人能願意去品嘗他人之苦呢？所以一段關係中，一方但凡有一點讓利之心，便能讓同處之人感受到久旱逢甘霖的潤澤與欣然。

　　因為每個人都期待來自他人的感同身受，我們常常以為，自己已經充分理解了對方產生某種行為的根源，但出於自身的

經驗和認知所限，這種理解也是經過了自我思想美化或者曲化後的理解，更多的是一種出於自我修養的尊重。所以到最後，很多關係的崩潰也來自於此：我已經很努力地去理解你了，你為什麼還是如此不知收斂，如此歇斯底里。說到底，這只是一種屈尊降貴的理解，而不是一種感同身受的理解。

有一首歌的名字叫《世界上沒有真正的感同身受》，正如同世上沒有兩片一模一樣的樹葉，也不會有各個方面一模一樣的人，自然也不會有人與你一般，會在每一件事上都秉持著同樣的看法，做出同樣的行為。

如同我們交朋友、尋覓愛人，也只會期望對方和我們三觀基本一致，仍然有許多地方需要磨合與退讓，探討與成長的。所以我們都是從心底裡知曉，這個世界上不會有百分百的理解，如果有，那就是自我的百分百認同與接納。換言之，人要學會一個人在這世間翩翩起舞，做自己的觀眾、自己的後盾。

能在某一方面找到同好，遇到認同甚至欣賞，就是人生之幸了。

就如同那個經典的莊子與惠子游於濠梁之上的典故。子非魚，安知魚之樂？子非我，安知我不知魚之樂？現實世界裡，我們無法成為魚，惠子也無法成為莊子，這樣的對話就是建立在這種不可能之上的，所以這樣的思想誤差就會永遠存在。我們只能盡可能地換位思考，儘管會產生謬誤，但那也只是嘗試

姿勢的問題，不斷調整，終將會達成一個不錯的共識。

　　《道德經》中有一句話：「聖人無常心，以百姓心為心。」可以稱得上是換位思考的注腳。以他人之心為己心，那便是沒有私心了，這又讓人想到「大道之行，天下為公」上面去。其實天地伊始，是萬物平等的狀態，而後人們開始建立國家，形成制度，有了階級、有了尊卑，才有了敵對，有了各自的立場，國與國之間接連不斷的戰爭，不同種族的分歧與爭鬥。有了利益，就有了藏私之心。

　　君子坦蕩蕩，所以我們把胸懷坦蕩的人奉為君子，把無私之人奉為聖人，因為這都是違逆人性的，這其中一定需要**「時時勤拂拭，勿使惹塵埃」**的自省，與**「責人之心責己，恕己之心恕人」**的換位，以此聖人君子之所為約束，便是不斷自我修行之路了。

　　如果、假如，是我們展開虛擬語氣時的常用開頭，這相當於借助想像力來體會自己作為其他存在時的境地，經常展開這樣的思考，不僅有助於思維活躍，也有助於自我觀察、社會觀察。

　　我們只有一雙眼睛，但換個角度，就看到了另一個世界。

従音好時光

夏日冰室

道不遠人常與善人

假如可以重活一次，你會怎麼做

辛丑年走過的路，讀過的書，見過的人

三年之韌

夏日冰室

　　前幾天和初中的同桌韋教授還有閨蜜發小們一起去玩密室逃脫，幾個臨近中年的人，也尋找到了一份久違的樂趣。遊戲過後，我們在北京路上一間老牌的冰室裡喝著冷飲聊天。冰室是我 19 歲初到廣東時經常光顧的地方，和茶餐廳一樣，總是能給予那時的我滿滿的幸福感。

　　誠然，我認為我和朋友們還能喝下滿滿冰塊的凍檸茶，說明我們的身心還年輕著。只是當大家掰著指頭算了算我們初識的年月，發現原來距離我們初中當同桌已經過了 28 年……

　　當晚回家之後，坐在窗前看著朦朧的月色，一直努力回憶那些曾經在初中時打動我的東西。猛然想起了初一在語文書上看到的一段故事——那個作家用清麗的筆調，寫了一個恬淡傷感的故事，故事裡，充滿了陽光午後的味道。

　　我想起了這個人的名字，隨即順手就在網上找到了這個故事，再讀之時，卻沒有當初打動我的那種感受。只是有一種味蕾觸碰少年回憶時，對少年時光的一絲眷戀。

　　時隔 28 年再讀，我竟然沒有感覺，不要說震撼了，就連

心弦被撩撥起來的感受都沒有。這段感受令我很訝異，似乎是年少的記憶一下子就被推翻了。年少時曾打動我的部分，在重讀時，竟已煙消雲散。

這幾年變化很快，因為寫書的緣故，我的欣賞能力也提高了一點。看到以前的自己，再看看現在的自己，似乎已經從一個時代漸漸走入了另一個時代，離開一個地域，慢慢適應新的地域，在不知不覺中，發生了自己都難以察覺和感受到的變化。恍然因為什麼緣故回頭，看到舊時的自己，竟然有些難以辨識的陌生。

誠然，我是成長了許多的，覺得有些恍惚，也有些悵然若失，但是這並沒有什麼不好。似乎，從前很幸福，當下的自己也很幸福。

想到我和朋友們待在一起的情形。朋友們說，我很有夢想，然後又很有行動力，再來性格又比較草率。三者加起來，哪怕是錯誤的事情，也能被我堅持很久。

長大之後，我並不像從前那麼健忘，我看到了更多也懂得了更多之後，移情力太強，有時候比當事人還悲痛。曾經我會從別人的苦難裡，感到一種自己很幸運的慶幸。但那只是在不懂事的時候，現在卻已經沒有了。

當時以為世事乃是飛行棋，有人被打回原形，使得我名次上升，後來感到的只有狐兔之悲，為別人的機遇、別人的因

果和別人無法解脫而感到真實的痛楚。

　　年少的時候，什麼都是新的，沒有比較。懂了之後才明白，渴了的水才好喝，不過白開水罷了，卻也很甜；餓了的飯才好吃，不過白米飯罷了，粒粒如珠如玉。孤獨的情分才可貴，雪中送炭遠勝珠環翠繞。

　　生在福中不知福，這其中的「不知」，是一種必然的不幸。遠遠不如現在，目光所及之處，皆是慈悲。

　　年少的時候，我對孤獨負隅頑抗，幾乎用了所有的力氣去交朋友、去對他人好。那時候受到書中的很多東西影響，以為每個人都在冥冥中尋找一個與自己振動頻率相近的人，稱之為「知己」。但知己自然是難求的，所謂「蝦有蝦路，蟹有蟹路」，長大以後，放下了這些執念，只在身邊留了三、五個至交好友。有那麼一大批人懂你，你該有多普通？滿大街都是，珍貴又從何體現呢？

　　年少的時候，不懂得包容和喜憂參半的道理，在一件事上，經過了十層過濾，自以為十分地純潔清澈了，但其實卻離本質已經很遠很遠。到最後，不過是寡淡，是無味，沒有返照自身的明淨。沒有虹霓，置身天空下，亦不能有藍色的悠遠，連驚濤拍岸捲起千堆雪的力量一併失去。

　　我曾經也執著地尋找著那些懂我、理解我的人，看著別人的人生，也曾發出過羨慕的感嘆。現在明白，一個人寫字也

就圖個樂，自己開心就行。

　　皮具也僅限於自己會用到的，不嚮往炫技般的雕琢，反而開始樂於自己動手改造一些平日沒那麼起眼的小包，讓它們煥發新的神采。

　　總而言之，我的本質不是匠人，精益求精永無止境，一輩子只做一件事，我也打心裡欽佩這樣的專注和付出的人，可惜我不是，我的一切皆為了自己的自在生活而作為。

　　行動掏心置腹、言語笑靨如花。

　　彼岸若是抵達，已經等於取締，完全的登臨，其實是抹煞了煙水迷離的景致。

　　種一棵樹最好的時間，是十年前，其次就是現在，宗旨是不會錯的。

　　周全、圓滿、漂亮一點，是誰都想的，不過以我所感到的事實來說——人多以為我安排生活的功底著實不差，我自己也公然表示確實如此——饒是如此，亦痛感到若是時時處處追求周全、圓滿、漂亮，那就只有累死一途。

　　世上或許有超人存在，可以面面俱到，毫無瑕疵，遊刃有餘，餘勇可賈。我看到更多的卻是捉襟見肘，一曝十寒，鑿壁偷光，囊螢映雪。粗樸、不拘小節、原生態的審美，是對精益求精的一種背離，也可以說是對自己的寬恕。

　　正如晨起泡一杯咖啡，迎著陽光對著鏡子端詳著自己，

欣然的接受第一根白髮、第一縷皺紋一般，它們都是那麼自然而自在的呈現在我們身上。

豐子愷説祖母喜歡大肆地進行，當作暮春的點綴。

原來，我們都是由孩子變成的，無論我們之後成長成何種模樣，心中總會保有那份純真和自在。

道不遠人常與善人

　　我想，很多人都曾面臨過和我一樣的困惑：當我們平順的時候，我們不願意去思考生活之中的很多問題，只有我們遇到痛苦的時候，才會反思問題的本源。

　　如果把生命看作一條河，回過頭的時候我們會發現，那些我們曾經看重的問題，在某一刻，竟然煙消雲散。

　　世事如棋局，很多時候我們身陷其中，當局者迷，所以才看不清。撥開雲霧，豁然開朗，一念放下，不再執著，在看清的過程中，看輕。

　　年少時曾困擾我的東西，現在看來竟然是那麼微不足道。

　　我仔細思考產生這些變化的原因，無他，因為我經歷得更多了，遇到過更多的人，看過了更多的書，寫了更多的文章，也進行過更深入的思考。

　　記得我在書上看到一個故事：很久以前，一位國王想找一句話，這句話要讓高興的人聽了難過，難過的人聽了高興。

　　他花了很多時間問了很多人，都沒有找到，直到有一天夜裡，在夢中一位智者對他說：「一切都會過去的！」

的確，人生不過數十載，說短不短，說長不長，現在所在意的、計較的、失去的、已得的，其實在整個生命長河裡，不過轉瞬即逝。當時覺得天崩地裂、山嘶海嘯之事，回過頭來看時，也不過如此。

　　而同一件事情，換另外一個角度，可能得到的是和當初完全不同的答案。這個世界上，除了自己之外，旁人誰也不能真正解決自己的問題，代替自己的思考。

　　一個人再聰明，也不能事事都看清；一個人再有智慧，也不能人人都看透。但是，看輕是一種心態，看淡是一種境界。

　　滄海桑田，斗轉星移，世事如局，無論好壞，沒有什麼是永恆持久的，也沒有什麼是永恆的。

　　執著，不如看淡。

　　生命有限，每個人這一生註定會遇到形形色色的人，碰到很多計畫之外的事，會開心，也會傷心，但是這些事情，也都會過去。

　　世事從心起，你若無心我便休。

　　世界上的事，得也好，失也罷，成也好，敗也罷。泰然處之，安之若素，生命中的每一個人、每一件事，看淡便是。

　　正如蘇軾所寫的那樣：世事一場大夢，人生幾度秋涼。人間之事，如夢似幻。

　　不若小舟從此逝，江海寄餘生。

　　記得有人說過，人生的高度不是由經歷決定，而是在於你看清了多少事情，又看淡了多少事情。

　　先看清，再看淡。看清是認識本質，看淡是與自己和解，是與世界擁抱。

　　道不遠人，常與善人。

假如可以重活一次，你會怎麼做

　　大概是十多年前，「天涯」上曾經有一篇感動過無數人的帖子。其實這個帖子的主要內容只有一句話：「我要回到1998年了，你們有什麼要說的嗎？」

　　就是這一句話，引發了很多人的思考，點燃了很多人的記憶，大家紛紛提出了自己或戲謔搞笑、或殷切期待的要求，希望那位假設能回到1998年的人，能夠幫助自己、提醒自己去改變一些選擇，以此來彌補自己當下的遺憾。

　　不久前，網上又出現了一篇類似的帖子，帖子的內容是，如果能重活一次，你會怎麼做？

　　我瀏覽了很多人的留言，總結而言，似乎大家都對自己的現狀十分不滿意。

　　排名比較前面的有「不要嫁給這個男人」、「不要錯過某人」、「不要如此對待朋友和親人們」、「要及時買房置業」、「遇到不合適的人和事要及時止損、趁早離開」、「年輕時對工作不要太挑剔抱怨」……等等。

　　每個人的一生之中，或多或少地充滿了遺憾，哪怕是我

們曾經覺得非常羨慕的人，也有一大堆煩惱。

　　似乎這個世界上的大多數人，都對自己的現狀不滿意，每個人都渴望生活在別處，希望能擁有另外一個人的人生。

　　這件事讓我想起了《頂尖對決》這部電影，在電影中，偉大的魔術師安傑和波登一生互相敵視，在安傑和波登尚年輕時，波登一時不小心失手，間接害死了安傑的妻子。

　　之後波登遇到了自己的摯愛，組成家庭，生了個可愛的女兒。波登的一切，在安傑眼中都是幸福的，相比之下，安傑喪妻之後的生活，可以說是淒涼。

　　然而，在知道波登密碼日記的關鍵字，讀了他的日記之後才發現，原來波登雖然在魔術上取得了安傑未能達到的登峰造極的程度，但是在日常生活中，他其實和安傑一樣，也經歷著透骨噬心的痛苦，奉獻了全部生活，在所不惜。

　　由此可見，大多數人始終困於自己的認知，無法看到更遠的東西。這種認知的拘囿，主要體現在兩個方面：

　　首先，大多人並不知道，自己的人生境遇並非是這一刻發生的。現在所遭遇的一切，其實在很久以前就都已經有了預兆，只是當下才顯現。任何東西都不是孤立存在的，過往的人生和周圍的環境，這些複雜的東西融合在一起，才形成了今天的自己。

　　這就好像我們在學生時代的考試一樣，成績只是平時學

習的結果表現，而造成這個結果的，是我們平時所下的功夫。往更深一點說，一個人此身的境遇，有時候不僅僅是此身的結果，還夾雜著往昔的業力、自己這一生努力的方向……等等，正是這些共同作用，才產生了現在的結果。

其次，每一種人生背後，都有其相應的代價。所以在某種程度上而言，沒有誰比誰煩惱少，也沒有誰比誰過得更加舒心，這就是上天的公平之處。一些人看起來更加富裕、有地位，但是往往他們要獲得滿足和快樂相對也變得更艱難；而生活上相對困乏一些的人，常常更能接近幸福感。

《道德經》云：「甚愛必大費，多藏必厚亡。」那些看似好的東西背後，未必全部都是好的，就像《頂尖對決》這個故事一樣，或許背後也藏著不為人知的痛苦和相應的代價。就和前面所說的，人們呈現出來的某種結果，往往不是單一的，是由很多選擇、很多犧牲和一些不為人知的付出所帶來的，甚至還包含著一個人生前的印記。

因此，大多數想進入別人生活的人，想過著別人的生活，亦是因為他們仍然帶著不勞而獲的思維，並不能多層次、多角度地去看待一個問題，只是貪慕別人現在所擁有的世俗意義上的成就而已。

其實，一個人要真正活得更通透，不僅需要全域觀，還需要多角度、多層次的視野。我們常常是盯著自己所受的困苦

不放，而忽視身邊早已存在的美好，總是習慣於看到別人取得的成果，而忽視別人所經歷的困難。

我們為什麼都想要重活一次？如果要審視這個問題，我們首先要瞭解自己的內心。心之本源，是為了理解往生來世，理解自己的欲望，為了抉擇真義。對修行來說，一個人對自己的現狀不滿，渴望生活在別處，其實就有了修行的基礎。我們身邊的種種事由，如果能引發我們的欲望，就可以由此進入到思考的層面，看到比普通人更多的角度、更深的肌理。

很多人說自己很善良，對別人很好，總是願意去勸慰別人，而這些勸慰就是耐著性子聽對方一陣抱怨和訴說，末了都是千篇一律的說：「其實你已經很好了。」再加上一句輕飄飄的「你要活在當下」，然後拍拍對方的肩膀，就轉身而去了。

對於那種身陷囹圄、正在受苦的人而言，他們的當下就是痛苦的，沒有辦法忍受，所以急切地希望改變，哪怕他們有改變的心，卻沒有改變的能力和行動力。

真正良性的勸慰，應該是清晰地讓人明白他們現在受苦的根本原因，同時，給出改變的方法。

這個方法，有幾個層次：

第一個層次：搞清楚是什麼原因造成了現在的結果，從源頭上先認識到這個問題。這是不太難的，依據現有的狀況，還有他們的現狀，站在相對客觀的立場上，是容易搞清楚他們

為什麼會承受這樣的結果。

　　第二個層次：搞清楚什麼是他們可修行的，什麼是不可控的。說白了，有些東西並不是我們人力可為，也不是靠著蠻幹就能改變的。

　　第三個層次：是放棄他們已經明明白白接受，但在更深層次上不能自我和諧的地方。

　　第四個層面：這個層面才是勸導這些人做出改變。在勸導的同時還要讓他們知道，這個東西並非是一天造成的，甚至不是此世造成的，因此，要改變需要一個漫長而痛苦的過程，這，就是某種意義上的「重獲新生」。

　　與其想著重活一次要如何如何去做，不如認清自己內心真正的訴求，和積極面對所存在的問題，不做鴕鳥、不給自己找那些自欺欺人的理由，若是真想獲得新生，就要準備好迎接改變的過程。

辛丑年走過的路，讀過的書，見過的人

　　歲月不居，時節如流，不知不覺之間，又到了一年的歲末。唇邊的嬉笑怒罵，眉宇上的憂傷快樂，也如同指尖的光陰，賜予我們的流年霧靄。

　　人生匆匆，聚散無常，世間從來都沒有永恆的美麗，只有活在當下的美好。

　　記得我很早在書上看到過一句話：「好事不如無。」這句話裡面，就包含著我理解的「淡然」背後的人生智慧。其實「淡然」就是接受所有的安排，活在當下，盡情享受平常的樂趣。

　　而建構當下最核心的基礎，就是不能物化自我，就像太極之中的無招勝有招一樣，不物化自我的根本，是放棄對「形與相」上的幸福追求，只有這樣，才能真正感到幸福。

　　一日的光陰，看似簡單，卻決定了我們當下的生活態度。

　　不把財富增長當成是人生的核心目標，用淡然的心態體會自己最真實的喜怒哀樂，認真、用心地活著。

　　我是一個很願意接受當下的人，哪怕只是一個愛好，我

也會花很大的氣力去鑽研。我之所以這樣，是因為我帶著感恩的心態對待身邊的一切，無論是友情、親情還是愛情。我有幸遇到多位良師、益友、死黨、閨蜜，還有一群年齡相仿卻能保持童心天真的「學生們」，這都是老天的恩賜，因緣際會的相遇，所以分外珍惜。

「人的成長，就是一個不斷戰勝自己的過程。」但這句話一直被誤解，很多人告訴我，人要戰勝自己，是透過「自己的成績一次比一次好，自己的工作一次比一次好，自己的財富一年比一年多」來實現的。

其實不然，人要不斷戰勝自己，是指人戰勝自己的人性之惡，是戰勝七宗罪，戰勝貪、嗔、痴，並由此來獲得自己人格上的完善，以及真正意義上的成長。

這也是「君子慎獨」的深層含義，因為這些欲望在於人的內心，如果不外化成行動，別人不可能知道。所以，真正的修行是自我要求，哪怕在別人看不到的時候，我們也能自我約束。

這種自我約束，就是真正意義上的人性閃光。稍微懈怠，就有可能退步，所以每隔一段時間就要自我檢視、自我反省，在遇到這樣的考驗時，需要調動身心投入地應對。

這是一種確信的、有活力的，卻又緊繃著的生活心態。因此，人生最可貴之處，不是不犯錯，而是最終能戰勝自我。

　　若以微笑積極面對每一天的苦樂，以堅強鋪平每一天的道路，以勇敢越過每一天的坎坷，又何愁前方不是繁花似錦、陽光滿路？

　　活在當下，就是要把握好正在擁有的每一寸光陰。如果當下我們感到憤怒，就盡情去憤怒；如果當下我們心生歡喜，就盡情去歡喜。

　　做真實的自己，去體驗自己的情緒，經營自己的內心，就是最好的修行。

　　我們一生中無法預知會遇到誰，但卻在每一次的相遇中，豐富了人生的閱歷，也涵養了我們的品格。

　　如同生活，如同學習，只有經歷過的人，才能大徹大悟。所有的靜水深流，都需要從日常中看到殘破，從細微處讀到血腥，才能穿透這些歲月的沉澱，獲得真正的寧靜。

　　這是一種必定由經歷而帶來的洞察力，讓任何一個微小的事物，都能與整個人世滄桑聯通，都沾著一種更大的悲哀的影子，都有著因為這天地不仁而生出的無聲憂鬱。

　　正是因為懷著這種敬畏，懷著懼怕這種一劫不復的心態，所以才在得與失的時候更加淡然處之，充分把握當下的人生，並從中萃取出生活的滋味。

三年之初

2023 年第一個月，我將《開元霓裳樓》和《三年公眾號集結文》（書名未定）的稿子交給了出版社，期待著 2023 年兩本書籍的出版。

2023 年已開啟半旬，我才遲遲動筆寫下這新年第一篇公號文，非是無話可說，實在是想說得太多，又有些落筆無處，需得細細琢磨，才能開啟這新篇。

說是新篇，卻是舊事。從 2020 年初開始，因為疫情，這個世界發生了巨大的變化，每一個人都被裹挾其中，難以置身事外，成為了洪濤巨浪中的落枝浮萍，只能隨勢而行。

起初的恐懼與不安是來自於未知，對新生事物的未知、對個人前途的未知、對事態發展的未知。猶記得武漢剛宣布封城的初期，我恰巧帶著孩子們正在美國過寒假，我比任何時候都關注最新的新聞報導，官媒以及自媒體的多方衝擊下，我常常共情到心生酸楚。

看著朋友們也在家中居家靜默，平素裡熱鬧非凡的城市，變成了一座失聲的建築群，只有必要的工作人員，在維持著基

本的運轉。那個時候是第一次親身感受到，什麼叫社會性動物。平時習以為常的許多東西，都成了缺乏品，能一日三餐隨心如願已是萬幸，更遑論其他的了。

後來，21 年、22 年開始動態清零，健康碼、行程卡、定期核酸檢測，難以預測的居家隔離期……，充斥著生活的每一個角落，甚至有時不得不成為生活的主旋律。所有的計畫變成了待辦，所有的期望變成了解封，無奈與心酸終是化成接受與理解。生活隨時被按下暫停鍵，孩子們幾乎總是在上網課，家中總是備著各種囤貨。

這種節奏隨時會被干擾的生活，影響了每一個努力生活的人，樓下的店面招牌換了又換，外來打拚的小夫妻，終究是扛不住這樣的經濟打擊，帶著孩子回了老家。時間彷彿在靜止，人卻不得不流動。

直至 2022 年底的解封，勢態又進入了另一個截然不同的境地。帶著不敢相信的欣喜，誠惶誠恐嘗試著新階段，解封後的感染比例和嚴重程度，遠遠超過了大多數人的預期，囤藥、偏方、交流經驗，大家掙扎著向前。儘管此刻艱難，依舊像過去的每一年、每一天一樣，想盡各種方法在這個世界上生活，甚至只是活著。

我一向是不大喜歡談論宏大敘事的，一方面是宏大主題讓人很難精準地概括全貌，另一方面是個人的看法容易讓這樣

的談論顯得偏聽偏信。但這三年的過往，讓人深刻地體驗了人與社會的緊密性和疏離性，很難完全脫離大環境去分享個人感受。

緊密性在於個人的現實生活是無法脫離群體展開的，自古如是，一粥一飯，當思來處不易；半絲半縷，恆念物力維艱。物資之源，都是其他人的心血所化，需得萬般珍惜。這種平時不易察覺的緊密聯繫，是一種穩固的基石，為整個社會的運作及個人的發展成長，提供著最基礎的保障。

雖然我們都喜歡欣賞如網紅李子柒那般的田園生活，一粒米、一份菜乃至一件衣服都可以自己自足，但這終究是影片，背後細想來，也是有許多人操持與物品置換的，我們無法生活在現實的瓦爾登湖。

但更重要的是這種疏離性。疏離性在於我們發現，人在時代洪流中是身不由己的，我們與時代很難做到完全的精神同頻，這樣的滯後性或者超前性會讓人孤獨。這種悽惶之感，在隔離期間偶爾會湧上心頭，儘管身邊有家人陪伴，但這份孤單，卻是來自於我作為人類這樣一個物種的一分子，在重大事件下的無力感。

後來，這份感受慢慢的在自我修行和向內求中轉化，最終我認為形成了一種疏離感。剖析開來說，就是只有我是自己的精神主宰，堅剛不可奪其志，在無端變化中尋求自我的永恆。

最大的感受，是生命的韌性，這是在紅塵修心中最大的裨益。達爾文曾說，生存下來的也許不是最強大的生物，也不是最聰明的生物，而是能夠適應環境變化的生物。我有時不得不驚歎於我們所具有的這樣驚人的應變力，即便是我們平素認為最冥頑不靈的人，其實也是具有極強的環境適應能力的，如果不然，人是無法在這樣瞬息萬變的社會、波濤洶湧的世界中存活下來的。

這種韌性，是否是一種物種的本能，還是後天的教育習得，是無法單一歸因的。我認為一方面來看，物種本身有著活下去的原始欲望，就如同新生兒透過啼哭獲取母親的注意力和保護，從而活下去一般，是一種留存在基因中的力量，從而發出各種各樣的行為。

無論是囤菜還是囤藥，與其說是盲從中求取安全感，不如說是一種生物本能的社會學體現。有時想到人也不過是自然界眾多物種中的一員，不禁悲憫起自身來，帶著些顧影自憐的意味。

另一方面，自然是脫不開後天的自我修煉了。原始的韌性和後天的堅韌是有區別的，先天的好似種子發芽，只要有陽光雨露，就會野蠻生長；後天的似幼苗成林，需得不斷豐盛自己的枝葉，不斷向下、向周邊伸出根鬚，抓取更多的土壤與養分，才能抵禦積年累月的不確定性。

這也是為什麼，在同樣的大環境下，看似相似的人會選擇不同的路徑前行，其背後都是有內心的迂迴彎繞，或者可以稱之為「心理韌性」。

　　心理韌性就是從逆境、矛盾、失敗甚至是積極事件中，恢復常態的能力。這是一種十分可貴的心理狀態，就如同一個彈簧，無論拉伸到多長，擠壓到多短，它都能恢復到靜止狀態。人要有如彈簧一般的自我調節，而不能做麻繩，要麼間斷屈從，要麼續貂迎合；更不要做橡皮筋，看似拉伸性極好，卻脆弱易斷，內在都是不大穩固的。

　　《道德經》中談到：「勝人者有力，自勝者強。」自勝真的是一種很宏大的勝利，就如同這三年來，每一次陷入負面情緒時，我透過自我修行把自己平息下來的時候，都會有一種勝利的喜悅。這種勝利是隱形的、不易察覺的，但它很持久，可以滋養生命中很多不如意的時刻。

　　人是不需要自證清白的，但人有時候會需要自證有用，也就是給自己一種底氣，以便在事件發生前，證明自己有能力處理。這種底氣或許來自美好的童年時光，或許來自人生的低谷時刻，或許僅僅是日常的普通生活。無論是哪一種，都是從過往中汲取能量，儲蓄在內心的精神銀行，在新的暴風雨來臨前，拿出來打造新的利劍。

　　我時而覺得人世間的一切磨難和幸福，都是為了鍛造一

顆處變不驚的心，當我們擁有了這顆鑽石一般的心，會對世間的萬事萬物，有了多一份的視角與感觸。

過往渺如雲煙，未來瀚如山海。

親愛的友人

對良言相勸的一點思考

道不同，不相與謀

一蓑煙雨任平生

閑敲棋子落燈花

至樂無樂

對良言相勸的一點思考

　　相對於「忠言逆耳」，我更喜歡「良言相勸」這個詞。之所以想起這個詞，是因為我朋友的一段遭遇。

　　說起來，我這個朋友亦是有些修行的人，她可以預感到一些人身上將要發生的一些事情。因為她自己曾經吃過並未開悟得道的苦，又受到了一些開悟得道之後的好處，所以，她透過修行參悟了某些道理之後，也漸漸小有名氣。遂有人在迷茫的時候，前來向她詢問自己應該如何選擇。

　　但是這位朋友發現，那些詢問者大多數是帶著偏見來的。他們中的很多人，其實並不是來詢問我朋友的意見，而是自己已經在心中做好了選擇，只不過在她這裡尋得一個心理安慰罷了。但是每一個來找她的人，都是口口聲聲說著：「我信你，你說的都很對，我之後這個事情會如何發展呢？我該怎麼去做呢？」

　　朋友把真實所預感的內容告訴他們，有些答案大概不是來訪者想聽到的，於是他們就陷入了短暫的沉默之中。末了，還要追問一句：「為什麼呢？」這一句為什麼，就赤裸裸的體

現了「不信任」。

　　只是那些原本就猶豫的人，就算聽了朋友的建議，甚至口頭上言之鑿鑿地說：「好的，我一定照做。」但是一轉身，就把這些拋到腦後去了，再一廂情願地按照自己的意願做出了選擇。往往過不了多久，他們所問之事就呈現出不盡如人意之態。而我的朋友熱心地從頭到尾幫他們梳理原委、洩露天機，最終也沒能幫他們扭轉局面，還受因果之力反噬到自身。

　　之後再有人來諮詢的時候，我朋友只說結果不再告知原委，但是對方往往不甚滿意，逼著她追問為何這樣選擇。朋友心軟，終於告知原委，結果還是和前面一樣，對方並不是真心來詢問，只不過是來求一個認同，一旦得不到自己想要的答案，就帶著不滿離開了。

　　朋友的經歷，讓我心生感慨。

　　教者，告也，為聖人教化眾生所出。道教本體為虛無之教、自然之教，聖人隨方設教，歷劫度人，無論東方和西方的宗教體系之中，對於「信」的描述都是大體一致的。

　　何為信？看到了才信，那就不叫信，那是承認事實。而真正的信是因為信，才看見！

　　記得她跟我說過，大部分人常常詢問自己的貴人緣在哪裡，似乎在等待一個遙遠的、能解救自己的貴人，來解決自己當下遇到的棘手問題。可是在他們身邊的貴人，他們卻往往選

擇視而不見。貴人不一定是周身散發著珠光寶氣，又或者位高權重者，大多數貴人可能看起來平平無奇，因此他們就完全當貴人們不存在。

有一句俗語叫：「一葉障目，不見泰山。」人的心眼被蒙蔽的時候，很難洞悉自己的氣運，也看不清前方的道路，所以才需要去向別人求助。而那些願意幫助別人的人，本質上也是因為他們更善良，在修行的道路上走得更遠，打開了自己的「心門」和「天眼」，對事物的本源認知得更加透徹一些，感知的更遙遠一些。

修行本質上就是探索，在黑暗之中摸索，不斷調整自己的心靈、氣運，一點一滴改變自己的整個思維系統、迴圈模式，然後慢慢把自己調整到最佳狀態。

但是很多人的問題在於，他們不願意接受這個一點一滴改變的過程，不相信這個東西需要多次的調整和修繕，不相信自己需要依靠另一個人的說明才能做到，而是覺得只要到了那個時間，這種改變自然而然就會來。所以當別人把其中的「天機」和「真相」告訴他們時，他們反而不相信。

這一點讓我想起了一句至理名言：「這個世界上，只有訪道、尋道，而沒有訪佛、尋佛。」這是因為大道以虛無自然為體，雖名得道，實無所得，為化眾生，名為得道。只有你自身的修持與完善，才能獲得天的降福，這就是《道德經》，有

德司契，無德司徹，天道無親，常與善人的道理。

世界有看得見的，也有看不見的，我們看不見的世界，是遠遠比我們自身更廣大的世界。所以要知道敬畏，不要輕易地去否定這些，不然你永遠不知道自己會錯過什麼。

日升月落，天地之理，不會因為你信我、你不信我，我有多少信徒、多少香火，就會改變它自身的運轉。

陰陽、四象、五行，以形色為主體，萬物都在變化中生長。形形色色是人生活中奇遇的現象，靜而生動，很多事用語言很難表達。陰陽差錯，奇聞異事，不斷出現。

基於這種認知前提，或許從肉眼凡胎上，我們的確會感到別人告訴我們的，和我們當下的「欲望」及心理期待的選擇不一致。甚至，因為一葉障目，我們也不會看到別人對我們幫助的作用有多大。心上蒙塵，所以一定要獲得即時的滿足感。但是這種即時的欲望滿足，往往就是心魔入侵的途徑，而一個人要改變自己的氣運，改變自己的際遇，必須先醫「心」，然後，才會由心生出驅動一切能改變自己行為的東西。

所謂儒道一體，即是說，一個人修行，常常就是觀照自己內心的過程，類君子有道，不欺於暗室。一個人，自己內心不分裂了，能夠全然信任那些幫助自己的人，別人的幫助才會有效果。

我們要知道，一個人越是缺少什麼，就越容易對其產生

執念。當你的生活面臨著選擇，面臨著不確定性和某些危機的時候，本來就應該警惕自己陷入到執念的危機之中。

　　一個人，已經在求醫問道的時候，就應該知道，自己是需要那些更高明的人來幫助的。當這些人對你伸出援手的時候，我們要克服的是自己的心魔，是摒棄我們認為「自己才是對的」的想法，不僅僅是從更厲害的人這裡找到認同，而是全然地去相信「道之所在」，才能消除自己的執念，走向更清晰且光明的人生。

道不同，不相與謀

　　疫情的態勢不明朗，與各地紛紛開始關閉交通連接、行程碼帶星號等等舉措，讓大家小心翼翼地守護著綠碼，生怕一不留神路過某地就被封閉在裡面隔離了。

　　這使得與好友們的小聚都成了奢侈，就連本地的朋友都只能在微信聊上幾句，而與其他城市，甚至外省的朋友們更是許久未見，不免想念。

　　物理學上存在萬有引力定律，即自然界中的任何兩個物體，都是存在相互吸引的。人與人之間也不例外，每個人身邊都有一個磁場環繞，無論你在何處，磁場都會跟著你，你的磁場也吸引著相同的人和事。自己有什麼樣的磁場，就會有什麼樣的人生。

　　前兩日趁著天河區還開放堂食，便約了幾個朋友喝杯咖啡。聊起上海的種種現狀，大家不由感慨萬千，進而又聊起自己在上海的朋友們的事情。

　　朋友說，一年前她從廣州去上海的高鐵特等車廂裡，遇到一位抱著孩子的母親，小孩子剛上車就在那裡哇哇大哭，驚

擾了整節特等車廂。本來大家都是想著能安靜舒適地度過這六個小時，才花了比機票還貴的價格買了特等高鐵票，而這位母親也是想著特等車廂的人少，怕孩子驚擾太多人，就花高價買了特等車廂票。那日特等車廂偏偏坐滿了，只見這位母親一臉焦慮，可無論她怎麼安慰，孩子的哭聲都未曾停歇。

　　沒過幾分鐘，車上的人也都跟著煩躁起來，有人戴上耳機選擇無視，有人面露不滿開始嫌棄，不過總體氣氛還是好的，並沒有人公然說什麼，但是那種不悅的情緒已然彌漫開來。一時之間，車廂空氣裡都是壓抑和埋怨的味道，所有人都被負面的情緒感染。

　　此時，另一位帶小孩的媽媽走了過去，遞了一個玩具給小孩，說孩子有了玩具可能就不哭了，閨蜜也主動靠過去幫忙逗孩子。隨著二人的加入，氣氛在一點一點緩和，孩子的哭聲漸漸消失，剛開始還散發負能量磁場的車廂，也終於慢慢和諧。

　　而隨著後來孩子被小玩具逗得咯咯笑，那笑聲彷彿極有感染力，周圍的人都忍不住看向這對母子，嘴角上也不自覺地帶著笑意。

　　那一刻，閨蜜深刻體會到，人與人之間的情緒是會傳染的，人與人之間的磁場是會互相影響的。

　　人與人的相遇，都是互為因果的磁場吸引。

　　《易經》中有言：「同聲相應，同氣相求。」

　　兩個人能成為朋友，靠的是相同的志趣，也就是看待事物的立場與觀點接近。人生本就是一個流動中的成長過程，我們都是在不停地放手、不停地遇見，然後才與生命中無數未知的美好，不期而遇。

　　時間決定我們遇見誰，三觀卻決定了我們留下誰。三觀不合的人，就像兩條相交線，哪怕只是短暫的相遇，最後也會分道揚鑣、漸行漸遠。如同我們現在常說的「吸引力法則」，其實就是磁場吸引的一種表現。

　　有一個年輕人向智者抱怨：「為什麼周圍都沒有人喜歡我，即使交到一個朋友，但最終又會離我而去？」

　　智者問他：「你平時跟朋友怎樣相處？」

　　年輕人回答：「我平時比較孤僻，很少跟人來往，但是只要遇到知己，我都很真誠。可我性格有點悲觀，不開心的事都會告訴朋友，到了最後，聽我傾訴的人卻越來越少。」

　　智者答道：「沒人願意一直待在負能量的人身邊啊！」

　　一個人的性格，就是一個人的能量場，心理學研究堅信一個道理：正向吸引，負向遠離。也就是說，一個人的正面情緒越多，他身上的磁場便能把越來越多的人吸引到自己身邊。

　　曾國藩曾說：「**擇友乃人生第一要義，一生之成敗，皆關乎朋友之賢否，不可不慎也。**」

　　朋友實際上是自己選擇的，我們選擇了什麼樣的朋友，

很大程度上反映著自己的層次和思維方式。益友如春茶,味清淡而氣悠遠。

東漢時,管寧與華歆二人為同窗好友,有一天,二人同在園中鋤草,發現園地裡有塊金子,管寧對金子視如瓦片,揮鋤不止,而華歆則拾起金子放在一旁。

又一次,兩人同席讀書,有達官顯貴乘車路過,管寧不受干擾,讀書依舊,而華歆卻出門觀看,羨慕不已。管寧見華歆與自己並非真正志同道合的朋友,便割席分坐,自此以後,再也不與華歆為友。

這便是最早的「道不同不相為謀,志不同不相為友」。

所謂良師益友,雖難得卻有道可循。

一方面是要有邊界感,當斷則斷,不可與他人糾纏不清地混雜在一起,長此以往,很難不落入泥潭。以小見大,很多時候,一個人的品行在日常瑣碎小事上便可展現得淋漓盡致。當發現對方與自己志趣相左,便應像管寧一般及早離去,保有自己的品格。

人與人的不同,本質上沒有什麼好壞之分,也無高下之別,只是大家的觀點不同,對待事物與做人的守則不一而已,這就是個人所選擇的道。

另一方面是要擁有正向的能量場,想要遇到什麼樣的人,你自己就要先成為什麼樣的人。淨化自己的內心,厚植自己的

靈氣，心向陽光，便先成為向日葵。正向的磁場，終究會為你吸引來步調一致的人，當你身處一個正能量的磁場中時，所有美好自然不期而至。

　　願我們都能和磁場相合的摯友，一起賞四季變換，看雲捲雲舒。

一蓑煙雨任平生

　　這些日子廣東莫名的寒冷，冷風夾雜著沒完沒了的雨水，讓人心生煩厭。又因為疫情，似乎哪兒也去不了，只能禁足於方寸之地。這種自我圈養的背後，就是能安心下來寫點東西，再寫寫我的小說與劇本殺，多頭並進的工作，反而讓我有了期待與樂趣，就像在幾道好菜之間來回品味一般。我與友人皆言自己是個貪食之人，無論論道還是說事，舉例總是繞不開自己的底層邏輯「吃」。這倒也是好事，美食總能安慰我的心境。

　　那日我在工作室嚼著號稱「全廣州最好吃的冰糖草莓葫蘆」，聽著一位來訪的客人講訴她當下的煩憂。這位客人正值擇業期，她同我訴說職業選擇的煩惱與糾結，攤開來說，便是薪資、發展前景、城市選擇等諸多因素，各有優劣，難分取捨。最後嘆上一句：「我很擔心選擇這個，以後會過得不好。」

　　蘇東坡好詞眾多，我尤其喜歡這一句：「竹杖芒鞋輕勝馬，誰怕，一蓑煙雨任平生。」從不畏懼人生幾多風雨，跌宕起伏是常態，自當吟嘯且徐行。

　　人生不太可能一帆風順，即便才情如東坡先生，也歷經烏臺詩案，一貶再貶，多年漂泊。但能在經歷諸多磨難後，寫出如此達觀至性的詞句，實屬難得。

　　人生於天地間，本是「赤條條來去無牽掛」，但時間久了，便容易有了這樣或那樣的羈絆和索求。追逐外物過多，便會心生執念，執念未果，便生怨懟，人便面目可憎了。

　　所以修道之人，常以「無物」之境來自我審視，只有從天道，自然而為，不為物累，方能曠達處世，泰然逍遙。《莊子‧逍遙遊》云：「**若夫乘天地之正，而御六氣之辯，以遊無窮者，彼且惡乎待哉！故曰：至人無己，神人無功，聖人無名。**」即順應自然的規律，把握六氣的變化，遊於無窮的境域，便毋須依賴外物。然而，世人總有「機心」，心為俗物所羈絆，便難以達到真正的逍遙自由。

　　盧山煙雨浙江潮，未至千般恨不消。到得還來別無事，盧山煙雨浙江潮。

　　東坡居士的《觀潮》，是他臨終前留給兒子蘇過的一道偈子，其句首尾呼應，奧妙無窮。這與辛棄疾的「卻道天涼好個秋」又不同，不是歷盡千帆後的物是人非，更多的是對世間萬物的正視。

　　所謂正視，即不以主觀臆斷去評價外物，接受事物本身的狀態，將自我感受與外物相剝離，明瞭我雖存於世，卻不受

限於世，亦不能干涉他物，我獨立而自由，萬事萬物亦如此。

阿德勒心理學有一個觀點叫「課題分離」，認為人的一切煩惱根源就是人際關係，起因於對別人課題的妄加干涉，或自己的課題被人妄加干涉。課題分離的精髓即「豈能盡如人意，但求無愧我心」。

這同蘇軾對待人生的態度，在某種程度上有著異曲同工之妙，可見自由暢達的人生，其奧妙中外皆通。

因為我們所能掌握的，唯有我們自己，我們無法左右風從何處來，雨將幾時下。工作的選擇也如此，我們無法確定每一份工作終將走向何方，哪一份工作會是坦途大路，只要是自己遵從本心的選擇，便無懼今後的人海浮沉。

人生是條單行線，許多選擇確實是開弓沒有回頭箭，但每一種選擇都是一種我們從未有過的人生體驗，走過了，經歷過了，人生便多了一重色彩和厚度。這些並無優劣之分，正視每一場經歷，坦然面對每一次轉折。

《道德經》有言，甚愛必大費，多藏必厚亡。故知足不辱，知止不殆，可以長久。人生貴在懂得適可而止，一個人要懂得什麼對自己而言是最重要的，處事不過分，才可以走得更遠。

我將這句話告訴了那位朋友，她一陣無言，半晌回道；「知易行難。」

是了，誰又何嘗不是呢？即便我們明確了自己最重要的是熱愛，是精神世界的富足，又怎能不受外界影響，保持正視呢？

或許唯有不斷的經歷，過程的累積才能讓道在心中不斷明瞭。時間的魔力大抵在此，蘇軾也不是生來即是東坡居士，莊子也並非一開始便乘鯤而遊，我們對這種自在逍遙的狀態心嚮往之，也終會抵達心靈的理想之地。

「回首向來蕭瑟處，歸去，也無風雨也無晴。」

這首詞的最後一句，就是終了的處世態度了。風雨是何，晴又為何，我一身蓑衣，既可擋雨又可遮陽，心中無波瀾，窗外無風雨。一蓑煙雨任平生，是我不在乎世間的風吹雨打，我心自逍遙；也無風雨也無晴，是我已正視這世間的榮辱起伏，我心自閒靜。

兩重境界，一種人生。一種順應內心，正視外物的勇敢人生。

勇敢不僅是敢於嘗試自己沒有體驗過的事物，更是敢於對一切的結果全盤接受，繼續接下來的生活。我們每個人都不需要對世間萬物負責，但都需要對我們自己的心負責。

希望我的每位朋友，都能在自己的人生道路上正視風雨，穿林而過。

閑敲棋子落燈花

　　疫情緣故，外出成了一件不大容易的事情，稍有不慎就會被困於外地。那日突然想念在岡仁波齊轉山時喝的甜茶和酥油茶，便在淘寶上尋了一家口碑不錯的西藏特產店，下單買了些藏區小吃。一等數日都不見店主發貨，忍不住詢問，店主告知他那裡已經被封城兩個多月了，根本無法發貨，問我能不能等解封才發？店主有些沮喪的說：「大家都說約莫要 11 月初才能發貨了。」

　　我聽了心中一陣酸楚，想著店主的難處，忙安慰道沒事沒事，多久我都等……

　　十一期間，原本有外省老友說要來我處小聚，我擔心中途情況有變，反覆提醒她要小心一些，她思索了幾日，臨了才狠下心退了票。我本也特意騰空了兩天的時間，安排了一些與她的外出活動，突然得知老友不能來了，雖在意料之中，但難免有些失落，忍不住嗔怪朋友：「疫情整得我們好幾年未見，這下又不知何時再相約了。」

　　朋友忙在視訊那頭打趣：「我去不了，賠禮可是早就寄

去了，聊慰你的牽掛之情吧！」

老友說的賠禮，是前些天寄來的一套精裝版的詩詞典籍，快遞裡還附了一張紙條：「永不被瑣事磨滅了情志。」真浪漫，浪漫的古詩詞，浪漫的友情。

我從書櫃中取出《宋詞》，隨手翻閱，碰巧看到趙師秀的《約客》：「有約不來過夜半，閒敲棋子落燈花。」不禁莞爾一笑，真是應景得很。

這首小詞細緻入微地描寫出了雨夜等客的心理變化，趙師秀沒有直言自己的情緒，所以不同的人可以看到不同的釋意，這也是詩詞的魅力所在，我們可透過文字，以自己的心志與古人共情。

假設趙師秀就是煩悶的。梅雨時節，空氣潮悶，池塘裡聒噪的蛙叫不絕於耳，他一個人坐在案几前等待，直到夜半時分客人都沒有，百無聊賴之際，拿起棋子、敲著桌子，直到燈花都被震落，客人還是未能如約，惆悵無奈。

但我們如果假設趙師秀是閒適恬淡的，故事就是另一種韻味了。

因為有約，做不得正事，「有約不來」，不以惡意揣測別人，不氣悶，也不在意，趁機忙裡偷閒，萬事放下，享受這會兒的空閒，平靜而又適意，顯現出極高的內心修養。江南煙雨時節，青草池塘，處處蛙鳴，一派生機盎然。在燈火搖曳中

把玩棋子，看著燈花一朵一朵落下。

　　氣氛一瞬間就變得寧靜淡雅了。我個人更傾向於第二種解讀，因為這會讓人更具有欣賞生活的能力。不期而至的事情很多，懸而未決的難題也很多，不如就把這些事順勢撇下，靜享這片刻的愜意。

　　還是那句話，境隨心轉。雖然做到不易，但哪怕偶爾能做到，也能提升自己的生活幸福指數，讓身心更加愉悅自在。

　　這是一種很珍貴的能力，允許自己休息。休息看似是人的天性，但實則是人的動物本性，與社會屬性有著一定程度上的衝突，這也是為什麼經常有「路怒症」的報導。

　　交通堵塞下的司機失去了行動自由，只能坐在車中等待，這種沒有明確時間點的等待，滋生出了嫌惡與憤恨，從而以極度的惱怒表現了出來，激惹了旁人，也消耗了自己。

　　其實完全可以嘗試平靜下來，把這樣的時刻當成一種休閒。既然交通的疏堵不是自己能決定的，不如把握自己所能擁有的時光，只有自己用心沉浸下來的時候，才是自己的時光。

　　現代是一種快節奏的生活方式，我們很多時候是無法有大塊大塊的時間用來放鬆、休閒或是向內自觀。工作日有許多的事務亟待處理，節日、假日也往往會為了出遊而出遊。或許我們所享有的，就是碎片化的寧靜。

　　人不可以無閒情。所謂「談玄談妙總是閒」，也是推崇

人要有一些閒情逸致，懂得自我放鬆，忙裡偷閒。不要總覺得這個時間是用來等人的、排隊的，這樣想時間便是浪費掉了。

詩意地棲居，無非是將詩的境界表現在日常生活裡。趙師秀千百年前的閒適生活，便是在等待的過程中，去欣賞梅子黃時雨，蛙聲遍雨中，在棋盤間同自己對話，去獨享此刻此景此情。

這樣的意緒悠閒，渾然忘我，實則已經把「等待」這件事昇華為一樁泰然自處的時間藝術了。好似把那份期盼收了起來，自顧自地體味這樣的深夜，獲得了另一種不同於相聚下棋的快樂與滿足。

今人大多營營役役，行色匆匆，翻兩頁書便靜不下心，喝半盞茶便坐不住。說是過於浮躁或是耐不住寂寞，其實是沒有那份允許自己閒逸的心情。這落寞塵世歡趣不多，煩擾卻雜，倘若靜下心來，允許自己做一些無用的小事，看書也好，追劇也罷，再不然去公園觀景池旁打個水漂，看漣漪蕩漾開來，也能神清氣朗，怡然自得起來。

做什麼不重要，重要的是自由愜意的心態，慢慢沉澱，神思歸屬，在這步履匆匆的世界閒居下來。

偷得浮生半日閒，此時情志此時天。

至樂無樂

今天是六一兒童節，大約這是我初中以後記憶最深刻的一個六一了，因為今天上海絕大多數的地區終於解封了，光是這個話題的辛酸苦楚與不忿，就可以省略幾萬字的內容。我雖然身在廣州，但是因為很多朋友都在上海，每日在群裡、朋友圈看到他們所經歷的各種艱辛與磨難，總是難免感同身受。一位女性友人足足被封了 81 天，我只能無奈地調侃她，這是九九八十一難，終於圓滿了。

上海的另一位年輕小友，昨日發了一條朋友圈，總體就是描述公司的各種不如意與不開心，而疫情結束了，她不得不去面對了，因為這份工作帶給她一份勉強維持生活的收入。

大概她明日要回公司上班了，所以思慮的又是這些看似不如意的點滴瑣事。說來，這位小友入職自己心儀的公司一年有餘，起初一直都是興高采烈的，常常和我們分享自己工作的新收穫和新見聞。只是後來時間稍長，就開始發現公司的很多問題，而心態也變得越來越不積極。

想起身邊不少朋友，包括自己，都曾有過這樣的階段，

明明現有的生活是自己一直追求的，但卻在真正得到後，陷入新的煩惱和怨懟。彷彿生活是一個巨大的漩渦，永遠都在循環往復，有人剛抵達幸福中點站，有人還行走在奮鬥的途中。但似乎一直是從一個節點到下一個節點，沒有真正的完結，也沒有酣暢淋漓的快樂。

《莊子》中有一句關於快樂非常淡然精妙的話：「果有樂無有哉？吾以無為誠樂矣，又俗之所大苦也。故曰：『至樂無樂，至譽無譽。』」

極致的快樂就是沒有快樂。

換一種層面來講，人一旦開始追求快樂，就會變得不快樂。聽起來是很吊詭的理論，但在生活中體悟下來，確是如此。如果把人生當作一根以生死作為兩端節點的長線，每一個快樂都是一個重要的繩結，倘若在過程中不去享受當下繩結的此刻，而是一直看著遠方，內心總是沉甸甸的，覺得自己僅僅是完成了一個段落，今後還有新的目標需要努力，快樂也帶著擔憂的底色。

居安思危也好，心思遠大也好，都是這種思維模式的一種積極性的說辭，但在一定程度上，也影響了我們去真實享受當下的生活。為什麼總說小孩子無憂無慮，那是因為稚嫩的孩童對於當下的關注力極強，他們可以做到一整個下午都在看螞蟻搬家，趴在窗臺數樓下停著的車輛。吃到了新的美食，真摯

地說這是自己吃到最美味的食物，不吝嗇喜愛與讚美，不遺餘力地體驗與嘗試。

成年人確實是很難毫無保留去嘗試與體驗的，總覺得人無遠慮、必有近憂。為了擁有更長遠的幸福，自己今天一定要做成什麼事，今年一定要完成什麼指標。每一年都有新的計畫，完成固然很幸福，但也帶來了新的挑戰。理想中純粹的快樂，離得越來越遠。

我們奔波忙碌，窮其一生追求的一種狀態，就是快樂幸福，這更是人生美好的一種願景。但是快樂這一件事，存在著不同層面的理解，因為每個人的認知不同、理解不同，有的人甚至誤解了對於快樂的定義，所以說一味妄求快樂，反而背離了本質，導致本末倒置。

快樂其實就是當下，譬如有時我們全身心投入某個工作中，結束後會有一種酣暢淋漓的感覺，這種快樂極致而濃郁，這就是因為我們在投入時，達到了忘我的狀態，即心流狀態。至樂無樂，其實也是老子所講的「無為」。

快樂也是一樣，不必追，不應求，當下有當下的怡然自得，也有獨特的生命體驗。無需介懷自己失去了什麼，擁有此刻，擁有已得，足夠快樂。

修行自己，就是在欲望做減法，體驗做加法。少欲則心靜，心靜則素簡。我在回顧自己過往所做的一些抉擇時，有時

也會悵惘和懊惱，但轉念一想，無非是不同的人生經歷罷了，無所謂好壞。從無到有的人生旅程，是只有得到，無所謂失去的。因為我們來到這人間，本就是赤條條來去無牽掛，作為一個空蕩蕩的容器，所做的無非是接納，靈魂會越來越豐盈。

這便是不再追求的快樂吧！許多事物都是有心栽花花不開，無心插柳柳成蔭。意外還是驚喜，其實無關事物本身，而是處事的態度，你在園中種了花，蝴蝶自然便來了，心態是因，事情是果。

唐伯虎在《老驥伏櫪》中說：「**富貴貧窮皆夢幻，滄桑歷盡勿須愁。**」特別喜歡其中灑脫的態度。既已去，則不悔，生活不如意又如何，我自有我的快樂和態度，又能奈我何。這些以逍遙風流聞名後世的文人，大多有這樣的秉性，不受枷鎖約束，肆意生活，雖然必然會遇到挫折和磨難，但不把自己的情緒寄託在外界變化之上，便仍是守得住自己的那份寧靜和快樂。

無所依，無所附，自本自根，自為主宰，不隨條件的變化而變化，永恆真實，便是圓滿逍遙境界了。

親密不無間

各自獨立，相互溫暖

重為輕根，靜為躁君

以火救火，以水救水

退而省其私

各自獨立，相互溫暖

　　成年之後，經歷的事情越多，我就越覺得人與人之間最舒適的相處，就是各自獨立又互相溫暖的狀態。

　　現在這個時代，很多公眾號和名言金句，都已經將如何自保説得很通透了，我們能很明顯地看出，什麼樣的情感是被我們今天的社會所推崇的，而什麼樣的情感正遭崩毀淘汰。

　　對這件事的反思，讓我想起了完全持相反觀點的一部日本電影。這部電影的名字我已經忘了，但是其中的內容我卻一直記得。電影是以二戰時期的日本為背景，自始至終，影片之中都充滿了一種壓抑和傷感的氛圍。主角是一個普通男人，和一個愛上他的女人的故事。

　　按照現在人的眼光來看，這個男主角應該是一個冷漠不懂得回報的男人，但是在故事之中的那個女性，卻始終在包容他、等待他。這樣的包容和等待，獨立而頑強地生存著，這一切都令她看起來就像個傻瓜。

　　更重要的是，她竟然甘願做這樣的「傻瓜」，對別人「精明」的勸退，總是溫和一笑，不再解釋和言語。然後，再次回

到了她愛他的那個過程當中。

這看似飛蛾撲火的情感之中，卻隱藏了人類的永恆需求——那即是忘我的付出。其實，愛就是一種把自己融入到別人中的衝動，在這種衝動裡，「忘我」是最崇高的境界，因為這種忘我精神，是我們用來抵禦人類永恆孤獨最後的方式。

在這種忘我之中，已經很難分清到底是愛自己更多，還是愛對方更多了。只是付出不求回報、但行己事無愧於心的行徑，已然越來越稀少。

在這個時代，曾經那些崇高正面的大話，在現實面前不堪一擊不說，甚至我們已經羞於提及。在成人的世界裡，似乎在親密關係締結前應該如何討價還價，早已深入人心了，實用主義哲學反而有著更大的市場，尤其適合本質上就十分實際的中國人。也許恰恰是這種務實精神，使國人缺乏理想、缺乏情調、缺乏創造性，但卻逐漸轉變成精緻的利己主義者。

按此邏輯，這些缺乏會造成一種局面，大凡被推崇的東西，從一種名牌包到一種行為作風，都會在這樣的社會裡看見最強烈的回應。那些步入婚姻和情感的成年人尤甚，他們身上顯露著這個社會所推崇的絕決與博弈論，渴望著被愛，但是吝嗇付出愛。

雖然說，一份好的感情，不會止於感性地對自己的需求發出聲嘶力竭的吶喊，還需要權衡利弊後的智慧經營。但是，

當我們在一件事情上矯枉過正時，同樣也是對自己的不負責任。我們缺乏改造自己的勇氣，缺乏糾正錯誤的決心，索性就擺出對所有情感的拒絕姿態，拒絕再投入情感，拒絕任何親密關係，也放棄了觀照自身和自我成長。

但是這樣的「忘我」和「人生贏家式」的精明，其實都是傷敵一千、自損八百的做法。從道家的角度來看，一個人要在這個世界上活出真正的自我，其實是要小心翼翼地維繫著平衡。

因為在經營生活的過程之中，每個人面對的瑣碎、痛苦、無聊和重複都是一樣的。成長，就是在我們被外界磨傷時，可以根據我們身心反應，適時地調整自我，從外界和自我之間相互映照的過程之中，我們知道什麼時候該進，什麼時候該退。

各自獨立又互相溫暖，正是為了維繫我們自身和內在的某種平衡，讓我們能以平靜而溫和的方式，度過我們寶貴的人生。

重為輕根，靜為躁君

　　關注的一位情感部落客，經常會發一些粉絲投稿，痴男怨女、愛恨情仇，偶爾看看覺得人生無常、情愛易碎。很多故事都讓我不禁再次感嘆，愛情真是一個無法捉摸的神奇事情，充滿著美好但也雜揉著猜忌和拉扯。

　　一個出現頻率很高的話題，就是「我對他如何好，他為何這般待我」，一種獻祭式的、自我犧牲式的愛情。自我犧牲感在親密關係中，其實是一件非常危險的事情。委屈感需要對方的內疚作為回應，它就像水壩一樣，在日復一日的付出中，道德籌碼不斷累加，愈發想要兌現。但這樣的愛太沉重了，實在是難以長遠。

　　委屈感困住的不是對方，而是自己。現在很多情感書籍所闡述的一個觀點是，在親密關係中，只有讓自己舒適滿意了，你的幸福感才會溢出來，身邊人才會感受到真正的愛意與幸福。

　　情不知所起，一往而深，愛情的悸動或許是無法溯源的，但長久的關係一定在於用心的經營維護。如同小王子和他的玫

瑰花，因為他辛辛苦苦澆灌了玫瑰，呵護了它，但卻不理解她的倔強矯情，離開了她。即使最後離開狐狸，回去找尋自己的玫瑰，但她終究還是凋謝了。

但凡想在一段關係中證明自己是特別的，沒有一個人會成功。過去很流行那種拯救式的愛情神話，天降英雄拯救處於危困憐弱境地中的主角，主角對於彼此而言，都是天上地下獨一無二的存在，得到救贖的同時，也得到了憐愛，大團圓結局。

這樣的佳話在現實中卻鮮有，愛雖重要，也不能失了自己。

《道德經》中有一句很有意味的話，我覺得特別適合形容親密關係中的自處：「**重為輕根，靜為躁君。**」本意是持重是輕浮的基礎，沉靜是躁動的主宰。對於戀愛而言，也可以化而用之。

為人要持重、要沉靜，不應輕浮躁動。什麼是重？自身才是重；什麼是靜？遇事不慌亂，不輕易做決定。從親密關係的角度來看，喜歡一個人的時候，興沖沖地去表白、做很多事情，最後往往只有感動了自己，反而事倍功半。當你以自身為重、提升自己時，最後反而可以有一個不錯的結果。

親密關係其實是一面鏡子，反映出的是平時自己無法發現的另一面，可能裡面有懦弱、自私和恐懼，但這些都是真實自己的一部分。在相處的過程中，也是探尋真實自我的過程，

激發和啟示我們，不斷完善自我。

這個行為中，是以自我為重的，不是以滿足他人的期待為目標，去提升自己，而是純粹地以自我需求的角度，為一件事、一個願望去努力。好的關係都是不期而遇的，而非刻舟求劍、緣木求魚。

尼爾森博士在關於孩童的著作中指出，孩童的兩大需求，就是歸屬感和確認自己的重要性。當我們成年之後，在親密關係中的所有痛苦與不滿，都來源於這兩種需求的未滿足。但其實只是伴侶的存在，讓我們發現了這份缺失，而非他們造成了這樣的失望。

期望，就是憤恨的前身，根源還是求諸於己。心理學療癒的理念中，向內求永遠是最根本、最徹底的方式，去與自己的痛苦根源相劃分，倚仗自己穩定的心態和篤定的觀念，沒有什麼比自我的充分接納更為安全和有保障。

親密關係中有一類現象，被心理學家稱為「焦慮－矛盾型依戀」，主要表現是依戀者十分害怕被拒絕、被拋棄，需要伴侶持續性的給予承諾和保證，過度敏感，害怕自己受傷。在其矛盾心態下，往往一方面恐懼對方的離開，一方面又做著對親密關係有破壞性的行為，無休止的責罵或者強大的控制欲。

這樣的心理，充滿著對於他人的重視和自我的輕視，每個人都想擁有一段陽光明媚的感情，但好的關係需要努力發展

自己的全部個性，如果沒有愛他人的能力，不能謙恭、勇敢、真誠、自制地愛他人，就不可能得到滿意的愛。

　　終歸愛情中，是需要相互的包容和有效的互動，在我們認清了自己的本質，和不再對伴侶有過多要求的時候，就會看到彼此關係其實是一體的，會真正「看」到伴侶的內在，用真正的愛療癒彼此，獨立又共生。

　　遇可喜之人慎言形色，處乍見之歡謹避心魔。

以火救火，以水救水

因為打賭失敗了，所以也沒了慶祝生日的興致。

那日和好友們聊起其中一位正在面臨的離婚協議，至於那位好友的婚姻故事，我估計都可以寫上一個短篇小說了。

也正是因為這個事情，傍晚在一檔脫口秀節目中，看到了很多契合的幽默吐槽，而脫口秀演員的語言表達能力，實在是一個令人艷羨的天賦，用放大誇張或冷笑話的喜劇方式，來講述生活中許多不易察覺的事，忍俊不禁的同時，也讓人可以從意想不到的角度去重新審視。

許多脫口秀演員都會調侃離婚這件事，尤其是女性脫口秀演員，在談及此事時，可以發現，離婚後受到了不小的社會壓力和影響。

頻繁的話題討論，導致很多人對脫口秀演員有一種情感生活不穩定的印象。然而這實際上是沒什麼值得指摘的，選擇什麼樣的生活，是每個人都具備的權利，可以站出來笑談過往，本身就是一種對自我的認同與和解。

一段關係的破裂，一定會伴隨著痛苦和掙扎的。我覺得

撕裂感這個詞語，在某種程度上可以用來形容這種感受，這是需要勇氣和能力才能做到的事情。因為即便是當前的關係已經讓人感到不適與失望，但由於長期浸淫在這一環境當中，其實自己已經熟稔這樣的相處模式了。

充耳不聞也好，自我麻痺也罷，都是在當前的關係中繼續妥協與委身，雖是飲鴆止渴，卻是最不需要勇氣的事。

勇氣可以稱得上是人類最偉大的能力，斬斷一段長期關係，需要的心理建設不亞於重獲新生，親密關係可以讓人更深層次地認識自己，打破這種關係同樣也是一種新的成長。說是止損也好，改頭換面也可，其本質都是跳出當下的框架，去站在一個新的立場去認識自己、認識生活。

《莊子‧人間世》中說：「是以火救火，以水救水，名之曰益多。」是說工作方法不對頭，不但不能制止，反而助長其勢。

最初這個典故，講的是孔子門生顏回的故事。

顏回想去衛國，希望憑藉自己的努力，來改變衛國國君暴虐的行徑。孔子勸他說，如果他能聽進旁人的勸導，肯定不會有現在屍橫遍野的事情了。去了，要麼被殺，要麼依附在君主身邊，絕對不是一個良策，就跟拿火去救火一樣，是不會有結果的。

然而這卻是一種常態，因為我們很容易陷在既定的思維

模式中難以自拔。如同前面提到的親密關係，在一而再、再而三的爭吵與失望中，人們首先想到的是修復與努力，忘卻了一個人的性格和觀念是很難改變的。所謂「江山易改，本性難移」大抵就是這樣的意思，死不放手，千萬種花樣來嘗試，最後常常是讓彼此遍體鱗傷。

幾年前看另一檔語言類節目的時候，一位辯手說了這樣的話，而後成為網路經典。

「年輕就是，我偏要勉強。」曾幾何時，我也覺得年輕就是要用自己的能力去改變世界，改變一切我不喜歡、不想接受的事物，勉強自己，也是在無意識地勉強他人，最後發現無異於以卵擊石，鴻毛落大海。

這就如同許多朝代末期，官員們還在一心希望著憑藉自己的才學，幫助上位者管理好國家，勸其向善從好，鎮壓叛亂和起義，其結果往往還是平民百姓們過著淒苦艱難的生活，與初衷背道而馳。

因為我們的主流文化語境，是很排斥反叛的，我們推崇的是逆來順受、自我調節，長此以往，我們在生活遇到坎的時候，是一定會鍥而不捨地努力，直到灰頭土臉，一無所獲，才會低著頭轉身離開，心裡還要把自己當成是生活的失敗者。

這是我們的堅韌，同時也是一種執拗。

上善若水。我們理應允許多種選擇的存在，也無需輕易

定義成功與失敗。

在當下的觀念中，離婚和婚姻失敗基本上是劃上等號的，這種評價體系中，穩定是一切的第一要素。但是否婚姻其實也只是兩個人希望一起生活，共同在不斷反覆運算的世界中，同頻刷新自我，只是後來兩個人不同步了，彷彿軟體升級後與硬體不再搭配，各自找尋新的頻率了。

是否只是如此，這種分開不是什麼叛逃，只是一種和穩定一般、別無二致的選擇。

當然，這樣的想法似乎更加重視自己的內心世界，從而忽略了來自外界的評價，這背後是每個人選擇自己能量來源途徑的差異。

一部分人熱衷於從外界獲取能量，與此同時，就需要去適應社會的各色要求，從而才能維持一個較為優越的社會地位，獲得正向的評價，進而得到自己生活的汲汲能量。

也有一部分人希望可以獲得內心自由的力量，如此便必然伴隨著來自主流的不理解和阻礙。二者都有自己需要去處理的問題，後者在自我和諧方面，可能需要更多的時間與磨練，因為我們從小被教育要成為一個好人，卻沒有被要求做我們自己。

水火本不相容，奈何生活充滿抉擇。

退而省其私

　　近來生活中頗多變故，本就是多事之秋，社會外部環境不佳，讓人心緒浮動。身邊有多年的情侶走向末路，也有許久未聯繫的老友再度親密，情感在流動中變得更為深沉，個人也會在這種動盪中產生更多的思緒。

　　人與人之間的關係，是這個社會最複雜的組成，一切關係都是必然下的偶然事件。

　　我一直覺得人言是不可畏的，每個人就像一棵樹，樹長大了，能吸引的東西很多，有小鳥也有蜜蜂，自然也會有害蟲。如果自己是沒有問題的，就應該很心安理得，一定不要人云亦云。

　　堅持自我，自己簡單，別人和我們打交道也簡單。這種堅持自然也會付出代價，每一種選擇都有其代價，但抽離個體，站在一個神靈的角度看，一切代價只不過是時間和情感，而這也是我們生而為人真正擁有的禮物。

　　「人生是曠野，不是軌道。」這句話看似充滿了機會與可能性，但一個普通人類，很難在曠野上肆意奔跑。如同沙漠

一般，總得要有一個類似綠洲的目標，才能走到一個可以歇歇腳的地方整頓休息，否則總是遊蕩在戈壁上，要麼長成胡楊，要麼枯萎而死。

因而生活出現變故，不見得是一件壞事，其實更多是一個契機，讓人可以跳脫出當下自己沉浸式的體驗，來重新審視一切。人生是用來體驗的，不是來演繹完美的，不要把希望寄託在飄渺的未來，而是應該活在當下。

無需傷心於一次、兩次的失敗，而是滿足於每一個小小目標的達成。人生就是不斷地自我塑性、自我對話的過程，與他人的關係也終將不會是誰依附於誰，而是我們願意伸出一部分觸角，去相互纏繞起來，在自己的旅程中，保持著一個觸角的纏繞。如果我們願意，可以多伸出一些，但長度終究存在有限性，另一方收回自己，這段關係也就散了。

但人生並不是每件事都會有一個得償所願的結果。世間萬事，不如我意之時，是人生的低谷期，但也是自我發現的關鍵時期。既入窮巷，便該及時掉頭。不過是曠野中的一處違章建築，這邊過不去，便掉頭重新來過，空曠中馳騁。或許有一天，我們會帶著施工隊從另一頭經過，然後十分輕而易舉地便拆掉了這座曾經難以逾越的阻礙。

《論語》中有這樣一個小故事，孔子說，我整天給顏回講學，他從來不提反對意見和疑問，像個蠢人。等他退下之後，

我考察他私下的言論，發現他對我所講授的內容有所發揮，可見顏回其實並不蠢。

這是一種不外放的聰慧，這種自省的能力，才是一個人在這個宏大世界中立足的根本。反省不見得是改變自己當前的認知或行為，而是明瞭在自己與現實發生的這場衝突中，自己起了什麼樣的作用，慢慢地，我們會更加擁有掌控自我的能力，退這一步，是給自己時間，也是給時間以時間。

爭論只能作為單方面觀點的輸出，從來都無法成為一種理念的真正接納。每一個幡然醒悟的時刻，都是在自我相處的反覆掙扎中，突然把過往的一切想得透徹明白，明白自己每一個衝動而為的行動，其背後的深層邏輯，靈光乍現中發覺之前某一時刻、某一次與人爭執的過程中，對方的出發點究竟為何。這才能發現這一路走來的值得與幸運。

自我提升也好，自我反思也罷，並非是以一己之力去對抗世界的各項準則。日常生活中，可能也是將自己淹沒在人群裡，安然於自身境遇和條件，安守自己的夢並不斷安靜趕路。但絕不在態度、判斷力和個人價值觀上隨波逐流，不執拗於某種狀態，也絕不人云亦云，做一個古斯塔夫·勒龐研究和探索過的「烏合之眾」。

這世間的千絲萬縷，交織複雜，我們每一個普通人既是織網者，也是網中人，我們每纏縛上一條絲線，就與這塵世多

了一份羈絆。快刀斬亂麻,雖是穩準狠的剛毅之舉,但力的作用是相互的,反彈的斷線打到身上,也會留下紅腫的鞭痕,與其說是生活給予的教訓,不如說是自己決絕的獎賞。

終究我們做的一切,都是為了我們自身在這個世界的一遭修行,就如同電腦軟體也會有出現問題的時候,人生也會有故障時刻,這時候只求明己明心,無愧無悔。

允許自己做自己,也允許別人做別人。身在當下,便心在當下。

NOTE

四季好時節

松花釀酒，春水煮茶

花看半開

水深不語

風禾盡起

人間枝頭，各自乘流

松花釀酒，春水煮茶

　　三月春意漸起，過了驚蟄，樓下不知名的花枝也攢出了花骨朵兒，復蘇的氣息在氤氳的水汽中愈發濃郁。我獨坐在工作室的小院子前，捏了捏腰間存留下來多餘的這十斤肉，又想到幾日後與友人們相約的聚餐，不由發出了一聲嘆息。四日吃少少四兩，一日吃撐胖四斤，想著這春季來了，在廣東衣服越發穿得單薄了，愁一下即將到來的夏季，總是期許能在立夏之前，消磨掉這十斤的積餘才好。

　　四季更替，實乃常事，卻不禁想起張可久的小令：「山中何事？松花釀酒，春水煮茶。」大抵文人都有個隱居山野的田園夢。

　　興亡千古繁華夢，詩眼倦天涯。張可久出生在南宋時期，又為漢人，但卻生活在元朝，且為當朝統治者服務過，因此他覺得自己是失了節氣，這首小令的情感中，亦有悔恨之心。朝代的更替，歷史的興衰，畢竟是張可久曾親身體驗過的。過往繁華猶如虛幻，似乎是近在咫尺又遠在千古，無限遐想中又添了許多感慨。

　　朝代更迭，猶如四季變換，春草嫩，夏花盛，秋果香，冬雪寂。《紅樓夢》裡說：「落了片白茫茫大地真乾淨。」自然界早已用最顯而易見的方式告訴我們，興衰自有輪迴定數，只是有人永遠停留在某個季節，再也沒有離開。

　　張可久如此，伯夷、叔齊亦如此。相傳伯夷、叔齊是商代小國孤竹國的公子，他們在周武王建立周朝後，決定不吃周朝的糧食，在首陽山上採摘蕨菜充饑，最後餓死在首陽山。

　　無論是張可久這種最終歸於山野、自得其樂的逍遙作風，還是伯夷、叔齊不食周粟，命斷首陽的寧折不彎，都是以一己之力在抗擊時代洪流，上個朝代的冬天過去了，總有人無法進入新的春天。

　　只有越早意識到，是非成敗轉頭空，萬物皆難恆久，才能將心從執念的牢籠中解脫出來，方入化境。

　　《道德經》云：「希言自然。故飄風不終朝，驟雨不終日。孰為此者？天地。天地尚不能久，而況人乎？」

　　甚妙。天地造化的狂風驟雨尚且不能長盛不衰，更何況是普通的人呢？我們常常誇大了自身的作用，而輕視了順應之道的力量。殊不知物類相歸，同聲相應，同氣相求。雲從龍，風從虎，水流濕，火就燥，自然之類也。

　　大勢不可逆，大道不可違，所謂「道法自然」，其內裡，無非也是一個「從」字。但我們所追求的，是順應「天道」，

而非隨波逐流。

　　這二者的區別，大而深。隨波逐流是人云亦云，自己內心沒有堅定的信念和追求，只是大多數人所推崇的理念和想法。比如要擁有多少財富才算成功，什麼樣的工作才算體面？但正如魯迅先生所言：「從來如此，便對麼？」

　　順應「天道」，可以理解成是上天之道，即自然中所汲取的道理。自然是沒有偏見和好惡的，遵從最本質的信念，拓寬自己人生的廣度，不自拘自陷，畫地為牢，笑看風雲變幻，處變不驚。

　　這也是為什麼，一定要擁有廣闊的人生態度。海闊憑魚躍，天高任鳥飛，但如果自己都不認可自己是雄鷹而非家雀，再無垠的天際在自己眼中看來，也是四四方方的狹隘一隅。

　　寄情山水，有時候只是生活在別處的一種實際應用罷了。正如張可久，仕途失意，便融於山水，生活不止廟堂之上，還有詩酒與茶，生活沒有標準答案，浩瀚歷史，每種活法都有其趣味。

　　道家的精妙之處便在於，不一味鼓吹建功立業的正確性，關注個人的內心世界和精神成長。當一個人摒棄了唯一性時，就放棄了對正確答案的追求，就會發現人生的價值不在於正確，而在於自我和諧。

　　自我和諧是一種缺乏的能力，或許從某種意義上類似於阿

Q 的自嘲精神，但其區別在於，阿 Q 的自嘲是浮於表面的，其內心和外在不相統一，更多的是自己騙自己。

真正的自我和諧，是由內而外的，心中放下了對各種不可求的執拗，行為處事上舉重若輕。成了是順勢而為，敗了是時運不濟，另擇良機，實在無法挽回了，是氣數已盡，無力回天，回頭是岸。

生活中遇到的事大抵都如此，不是不努力，而是當選擇的道路非大勢所趨時，常常半道崩殂，當選擇集天時、地利、人和於一體時，事情往往會如意順遂。冥冥之中，實則為道。

興旺盛衰皆如夢泡影，不妄圖逆轉，不自怨自艾，遠離紛擾才能享受當下。事非經過不知難，成如容易卻艱辛，前往遠方的路不可能永遠光明平坦，無論當前有什麼無法達成之心願，一時難以逾越之溝塹，不如先行放下，享春光，品春茶。

畢竟春光懶困倚微風，莫讓好景徒成空。

花肩半開

　　大暑已至,夏天最炎熱的伏天才將將開始。熾烈的陽光下,樹木倒是綠得蒼翠明麗,花朵卻是都捲曲了花瓣,快快地有些耷拉。而我此時正在香港家中,體驗著香港 138 年以來(有氣溫紀錄以來)最熱的七月天。

　　每日只能蜷縮在空調之中,偶爾出門一次,都覺得太陽曬在皮膚上生生得疼。酷暑的天氣配上孩子們一天到晚此起彼伏的叫聲、喊聲、玩鬧聲,足以讓人覺得出現了幻象,太陽穴都繃得緊緊的,好似隨時要犯頭疼的模樣。

　　赤日幾時過,清風無處尋。經書聊枕籍,瓜李漫浮沉。大暑作為一年中最熱的一個節氣,確實有些讓人酷熱難耐。今年夏季尤其熱,全球天氣都出現了極端的高溫,想來在那些地方生活的人們,一定也在急切地期求著暑熱散去,金秋快至。

　　想起前段時間,經常有地區報導戶外工作者因熱射病死亡的新聞,真是讓人痛心感慨,若不是需要養家糊口,誰又會頂著高溫在外持續工作那麼久。普通人的一生實在是微小而又苦難,任何一點大環境的塵埃落在個人身上,都是一座大山,誰

又不是在奮力地掙扎，用力地活著。民之劬勞兮，遼遼未央。

　　我一向不喜極端的事物，天氣亦在此例。無論是數九寒天的凜冽，還是苦熱三伏的赤野，都給人一種過猶不及的衝撞與不可調和。凡事到了極點，往往會變得面目全非，不同於最初的設想了。

　　古人在這方面，有一句很貼切的妙語：「花看半開，酒飲微醺。」這是宋代詩人邵雍《安樂窩中吟》的化用。題目倒也有趣，做到這般，豈能不樂？這份安樂源自兩方面，一面是對生活不必力求完美，一面是對自己欲望的合理控制。

　　日月經年，世事無常。人生如月，盈虧有間。每個人的人生，都如同在時光隧道裡進行的漫長旅行，途經之處，看到的不盡是山青水綠、歌舞昇平，更多的是崎嶇坎坷、平淡無奇。接受這一份不完美的人生，慶幸有這半開的景象，或許更能體味人生的純粹與淡然。

　　恰巧今天和一位郭姓好友在微信中聊起他一位友人的命格，談及「好命」這個命題。我和他說，在命理之中能真正稱得上「好命」的人本就極少，又或者什麼是「好」？這個定義本來就人人不同，或許沒有大的劫難，就已經足夠是好了。

　　能夠平安終老，已然是福報深厚，若是要再加上些許「名利」，那就不是一般的好命了。人到了一定年紀，都應該知命，因為有句俗語言：「知命者不怨天，知己者不怨人。」能

做到如此，也是通達之態。

　　曾幾何時，自己也總是追求完美，希望一切都能按照自己的意志為轉移，可是畢竟十事九不全，要做到盡善盡美是根本不可能的。直到後來，經歷過生活的各種磨難，經歷過太多的無能為力之後，才學會了隨緣，不再那樣難為自己。其實，生活中很多事存在太多的未知，我們能做到就是在因上努力，在果上隨緣，只管耕耘，莫問收穫。

　　半開有半開的美妙。花若至盛開，便離凋零不遠，而無那種尚有餘地的含蓄與可能。有一種花名為含笑，其盛開之時，整朵花的花瓣也不會完全張開，而是呈將開未開之狀，恰似美人含笑，歷來為文人所青睞。自有嫣然態，風前欲笑人。優雅又矜貴，猶如步伐緩緩的人生。

　　前些年曾去杭州旅行，去靈隱寺拜訪。寺內有一副對聯：「人生哪能多如意，萬事只求半稱心。」寥寥數字卻何等灑脫，這種超然物外的徹悟，世間又有幾人做到了呢？花看半開，酒飲微醺，才是人生最美妙的境界。半苦半甜，才是生活的真相；半得半失，才是人生的圓滿；半聰半拙，才是為人的真諦；半人半我，才是處世的通達。

　　這種只求半稱心的人生態度，實則是全心全意地在生活。

　　而另一面的欲望控制，也是在日復一日的歷練中，獲得的經驗之談。每個人都有自己所喜愛的事物，有時喜愛難免就

會放縱，放縱就會有紕漏。飲酒一事，小酌幾杯是情趣，然而天天大醉就是墮落了。能在自己的愛好上有所保留，不放任自流，才能細水長流。

愛情更是如此。固然我們都欽羨文學作品中不在乎任何現實影響、矢志不渝的愛情，但落在現實中，愛是需要許多實際內容去支撐，才能夠走得更好。

一千個人眼中有一千個哈姆雷特，這也是為什麼，即便是勇敢追愛的安娜卡列尼娜，也會被一些讀者指摘放縱不羈。我在此不談及社會道德層面的問題，於個人而言，絕大多數的情感，在一定的約束下，才能更長久的發展下去。

不到黃河心不死，不撞南牆不回頭，其實是一種愚蠢的執拗和倔強。或許有幾分轟轟烈烈的悍然夾雜其中，但這種自絕後路的行為，是需要極大的代價去兌換的。

「命運給予的禮物，暗中都標好了價格。」年輕時看到這句話十分不屑一顧，覺得任何事物都可以透過人的主觀能動性去改變和實現，但其實所有的最後，都以或早或晚的代價去償還了。

有些人、有些事，保持著淡淡的關係、淡淡的距離，不遠也不近，此時正是最美之時，此中大有佳趣。

半醉半醒之間，採半開的鮮花。

水深不語

　　立秋了，網路平臺上熱熱鬧鬧地轉貼著時令的習俗。咬秋，其實就是吃西瓜，寓意著夏日酷暑難耐，時逢立秋，便要將其「咬住」，以求整個秋天不生病，萬事順意。

　　還有些地方有著「食秋桃」的民間習俗，果肉食盡，桃核留下，待到除夕之日再將其燒毀，取一個「留桃求合」的美好寓意，還有著驅災辟邪、下一年順順利利的美好願景。

　　我很喜歡這些傳統習俗，古人在積年累月的勞動中，沒有丟掉生活的儀式感，在有限的生活資源下，努力地讓日子變得有滋有味，有盼頭、有活力。中國人一貫含蓄，喜歡把熾熱的心願包裝在厚實的文化語境中，待人一探究竟之時，剝開千年的積澱，發現這念想既質樸又溫暖。

　　我國的飲食文化一貫豐富，各地風物各異，飲食習慣也千差萬別。殊途同歸的是許多特色小食或是節令美味，都寄託著對美好生活的祝禱，我們從來都不僅僅是在果腹，也是在餵養我們的精神世界。

　　魚就是一個很典型的食物。許是過去捕魚艱難，運輸也

不易，能食魚無論是對殷實之家還是平頭百姓，都是一件鄭重又難得的美事。從上桌時魚頭要衝著長輩，到第一筷子要將魚鰓上的肉夾給最尊貴的客人，再到魚身不宜翻過來，層層疊疊的講究規矩，讓人不禁讚歎中國飲食文化的博大精深，含蓄之美在這裡展現得淋漓盡致。

這些代代相傳的寓意，像一條無聲的河流，潺潺流過朝代更迭，潛規則似的蘊含在我們的血脈當中，一種不言的文化底色和敏銳的洞察能力，共同造就了我們的民族屬性。

水深不語，人穩不言。君子藏器於身，待時而動。我們是一個傾向於把自身的優勢放在身後的群體，不喜彰顯賣弄，默默地耕耘著自己的土地，把力量藏在行動中，化作一件件實用的器物。

我認為這種性格和秋天尤為契合。看到那低著頭、沉甸甸、紅豔豔的高粱，被累累碩果壓彎了枝椏的果樹，真的讓人內心平靜又祥和，品味出時間帶來的回報，很多智慧不是語言所表達出來的，而是用眼睛去看、用心去體驗。

有一幅油畫《父親》，我曾在去中國美術館時瞻仰過。兩米多的畫幅高度，近距離觀賞下尤為震撼。畫的是面朝黃土、背朝天的最常見的普通農民，瞇著眼睛，對著鏡頭，乾裂的嘴唇微張，手上捧著一碗渾濁的水，似乎是正要喝水的時候，被出現在眼前的人吸引住了。眼裡有飽經滄桑，也有堅忍不拔，

靜默的畫卻訴說了千千萬個普通父親無盡的心路。

　　如今每個人都有著表達自己的權利和機會，自媒體的興起，讓思維活躍，甚至一度接近氾濫。我們是否應該對自己所表達的觀點和態度，採取一個更為審慎的姿態和方式，來和這個世界進行輸出和交談？《論語》中有言：「君子欲訥於言而敏於行。」對於表達欲強的人來說，說話是一件和呼吸、吃飯一樣必要的事，但如何去說、說什麼，許是應該先沉下心來，再做行動。

　　很多時候，沉默往往能帶給我們更多思考的時間，讓我們更能夠遠離喧囂，靜下心來想一想，自己想要的究竟是什麼。而一開口，往往會讓眾多不同的答案聲音擾亂我們的思緒，給我們帶來更多難以言說的困擾。內心平穩的人，常常清晰的知道是非對錯，也無需多言，河流湍急的往往是淺淺的小溪，靜水流深。

　　確實需要更多的時間與自己相處。被誤解是表達者的宿命，這也意味著在與他人的溝通中，彼此之間會不可避免地產生交流誤差，我們期待自己的話語被他人認可，對方也希望自己的建議被我們採納，但如果這種交流是急不可耐又膚淺隨意的，那註定是無法達到雙方所求的。我們需要先和自己交涉，先明確自己的訴求和底線，從而不會在他人的話語中亂花漸欲迷人眼，實現自我的穩定。

　　就如同秋天一樣，不張揚，把心事和精力放進時間裡，在陽光雨露的浸潤下，慢慢地展開自己，安安靜靜的收穫，並盤算著下一年的安排。一種更高意義上的開始，生命的沉澱，思緒的靜美。人安靜地生活，哪怕是靜靜地聽著風聲，亦能感受到詩意的美好。

　　心有詩意，處處清歡。不言不語，初秋人間。

風禾盡起

　　一路奔襲，在成都封城前 5 小時，我的航班從成都起飛前往廣州。一切都是上天的庇佑，讓帶著孩子們的我，在最後的時刻順利回到家中。

　　這幾日終於能緩口氣，整理整理行裝。下午時分，竟然還收到了老友寄來的「六月黃」，看著這些 2-3 兩的螃蟹，才更加感受到了秋的氣息。

　　的確金秋已至，收穫的季節裡，總是充盈著喜氣洋洋的氛圍。雖然今年因為疫情所擾，大家的情緒都有些焦慮與無奈，在我心悶之時，我總是願意找一些當季的吃食，來緩解情緒的問題。

　　去了一圈市場，果然看到了許多當季的穀物蔬果，新收成的稻米具有濃濃的稻米清香，熬出來的粥米香四溢，口感順滑；蒸出來的飯米粒晶瑩飽滿，配著即將過季的番茄炒蛋，真是夏秋之交的一份家常美味。

　　看著近來上市的新米，想起了一個穀物的典故。

　　相傳在西周時期，周武王死後，周公攝政，鎮壓了武王

弟弟的叛亂。但武王的兒子周成王因受流言影響，懷疑周公的忠誠，於是「天大雷電以風，禾盡偃，大木斯拔，邦人大恐。」後周公重新執政，大風又把吹倒的禾苗重新豎起，從此國泰民安。

上天因忠貞高尚之人慘遭誣陷而降災異，是上天對高尚之士的眷顧，同時也是對人世不公的示警。當周公洗刷冤屈，主僕二人重歸於好之時，上天又降下吉兆，這展現的是上天針對現實世界這兩種不同狀態的不同反應。這樣「天」與人之間就建立起一種感應關係，即以天象回應人事，表現了天人感應、互通的狀態。

古代帝王講究得位要正，因而會有許多或杜撰、或機緣巧合的事情被刻意放大，記錄史冊，流傳千古。讓無論是當朝百姓還是後代黎民，都能清楚地明白，當時他的聲望之高、德行之厚，得位是民心所向，天命所授。

在科學技術不發達的農業社會，這種祥瑞和預示，便順理成章地與大自然息息相關了。

風調雨順便是在位者厚德載物，逢遇災年便是執政者德行有虧，需要勤勉自省。雖然在如今，我們已知自然變化不以人的意志為轉移，但古代這種與上天遙相呼應的執政理念，倒也是一種倒逼管理的輿論方式，在靠天吃飯的農業社會舉足輕重。

因此在《宋史》中有記載：「自上古以來，天有世掌之官。」也就是負責氣象觀測、天文記錄的機構，明代以來稱為「欽天監」，體系完備，職責也更明晰，占候氣象、編訂曆法和擇日選吉都在其中，把君權神授，天人合一的統治思想體現得淋漓盡致。

　　幾千年的農業社會，造就了中國發展的基礎，也潛移默化地形成了人們順從天、順應天，以天來規定自己行為的標準。何為天道？天道即為「天之道德」，自然有序，映射到現實社會，就是穩定的社會秩序。

　　植物有生長規律，動物有食物鏈，人類社會亦存在自身的發展規律，與其說時代造就英雄，不如說是順應時代的人成為了英雄。

　　其中暗含著一種樸素辨證觀，其發源於普通人的日常生活之中，並非是有意鑽研而為之。

　　這其中包含了事物和矛盾的對立轉化，以及由量變積累而產生質變等豐富的辯證法思想。

　　「水能載舟，亦能覆舟」短短八個字，便道明了民心與政權穩固的關係。統治者雖是上位者，享有優越的物質生活條件和人民的生殺大權，但物極必反，若一味地縱情享樂，只能走向覆滅的結局。

　　商朝的統治者將自己看作是上天的後代，有「天命玄鳥，

降而生商」之説，因此極為堅定地認為，上天必然會保佑自己的王朝統治千秋萬代。這種極度信賴逐漸變得盲目、畸形，在王朝覆滅之際，依然迷信天命在商，荒政無道。面對祖伊的苦苦勸告卻不以為然，極盡奢靡、荒淫無度，最終落得國家覆滅王朝傾頹。

　　朝代更迭，興廢交替，與其説是冥冥中自有天意，不如説是「天意暗含人心，人心即為天意」。如果説商王「我生不有命在天」的感慨，是對上天的迷信，那「惟命不於常」以及「天不可信」，則代表著周人對天命的反思，認識到了這其中民心的重要性。

　　這就如同意識到了力的作用是相互的，不再把民眾僅僅當成是自己的奴隸和財產，而是一個個獨立的個體，去思考他們的需求，制定更為惠民的政策。這種思想在後續的朝代中不斷完善，進而逐漸形成了「民為重，社稷次之，君為輕」的統治理念。

　　這個時候，已經基本把民心等同於上天的旨意了，這也是為什麼越到後面的朝代，叛亂和反抗的出現更為頻繁，因為儘管這時的執政者，還是在努力強調自己是真命天子，但是人民已有了更為自我的意識，主宰自己命運的覺醒，是一種很強大的進步。

　　可見無論是一個社會也好，個人也罷，都需要有自我革

新的自覺，才能在正確的道路上不斷前進。自己順應時代的勢，順應自己的願望，才能在浩渺的人生征途中不迷失方向。

一碗新米，思緒頗多，到底是秋天來了，風禾盡起。

人間枝頭，各自乘流

中秋節那天的月亮當真是圓如玉盤，亮如明珠，只是那天很多地方說當天看見的是「血月」，而血月在中華傳統之中有些特殊的含義，對於天文學而言，血月似乎有更科學化的解釋。

抬頭看著那輪明月，靜靜將光芒撒向人家，心裡忍不住想念起異地的親友。不由得嘆了一口氣，吃了一塊親人寄來的蓮蓉蛋黃月餅，綿密香甜，聊慰相思之情。

古人寫月的詩詞眾多，我最愛的還是蘇軾的《水調歌頭‧明月幾時有》，渾然天成，在寄託對親人的想念與祝福之餘，將曠達超脫的胸懷也融入其中，頗有自然與人文高度融合的美麗意味。

「人有悲歡離合，月有陰晴圓缺，此事古難全。」

在大自然的景物中，月亮是很有浪漫色彩的，會很容易啟發文人墨客的藝術聯想。一鉤新月，可象徵成初生的萌芽事物；一輪滿月，可象徵美好的團圓生活。如今我們知道，月亮的變化是因為月球在圍繞地球不斷轉動，從而在太陽和地球間

形成角度，出現了不同形態的月亮。

但蘇軾不知道，他知道的是千百年傳承的哲學智慧。在這種情況下，彷彿在為自然界開脫一般地說出，人世間和月亮一樣，都有圓滿與遺憾，這是亙古有之的，接受便好。

非常了不起的人生見解。沒有對自然界永恆而世事無常的自我貶低式的哀嘆，而是平視自然界的現象，和人間事放在同等重量的位置上去談論，轉換思路。

「但願人長久，千里共嬋娟。」

相信東坡先生這全詞尾句的感嘆，是由衷地懷念自己許久未曾謀面的弟弟，感慨這波瀾起伏的人生際遇，發出這帶著濃厚親情的世俗祝願。「但願」二字畢竟是一種心願，是嚮往，是執念。

華人的鄉愁彷彿是與生俱來的，故土難離，落葉歸根，我們執著於我們從哪裡來、到哪裡去，身上烙印著家鄉的刻印，即便離家千萬里，到了團圓的節日，也會從心裡升出理不清、辯不明的情愫。無論過了多久，想起家鄉來都會有著綿密的哀愁，如同月餅那綿密的餡料，流轉唇齒之間，縈繞心頭之上。

闔家團圓是一個源遠流長的希冀和話題，中秋、春節、元宵節都是一家人團聚的重要節日，中秋源自祭月節，最初是定於秋分這天，後來才固定在農曆八月十五這天。春種秋收，中秋節圍坐在一起品嘗一年的收穫，共賞一輪圓月，是和美團

圓之意。

　　然而人世間的事難以處處圓滿，我們大多數人就像蒲公英的種子一樣，在母體成長孕育，最終隨風而行，散落天涯。在新的地方落地定居，開啟新的生活，結識新的朋友，或許還在新的城市有了自己的家人，只是每逢佳節，更感思鄉之情。

　　這兩個星期，也不知道為何喜歡上了看鳥類的影片，看那一對對鳥類父母共同哺育一窩嗷嗷待哺的雛鳥的歷程，看著看著，從最初的新奇有趣，轉而到心中的一絲絲嘆息。

　　物種之間的相似性如此之大，確實是大道相近。看著一對鳥類父母，每日不辭勞苦地輪流捕蟲來餵養巢中的幾隻雛鳥，這幾乎日夜無休的疲憊狀態，足足持續了近二十餘日。

　　有一天，當父母叼著肥美的昆蟲飛回巢穴之時，卻已然不見幾個孩子們的身影，牠們有些著急地上下盤旋了幾圈，確定不是出了意外，就有些茫然地站在鳥巢之上。而監控影片中的畫面，是這幾隻已經逐漸成熟的小鳥兒拍動著翅膀，展翅高飛，離巢而去了。只是牠們之間缺少了一個互相道別的場景，缺少了人類之間送別的動容。

　　鳥類的父母，大約也明白孩子們已經離巢高飛了，只是還是難免擔心孩子們初入自然界，捕食能力不足，所以這對夫妻並沒有離開原本的巢穴，而是在這裡足足等待了幾日，恐孩子們餓了肚子後，飛回家中尋求父母幫助。

過了幾日，小鳥們並沒有飛回來，而牠們的父母也並不知曉孩子們今後的際遇與未來。那一日，太陽初升，這對夫妻各自整理好自己的羽毛，帶著一絲眷戀與不捨，終究飛離了那個曾經的家。影片看到此處之時，我的眼眶有些濕潤了。大抵生命都是如此，相聚與分離就如陰陽一體，總是彼此轉換、彼此依存。

　　學生時代有一些十分要好的朋友，當時也曾信誓旦旦說以後要奔赴同一個城市。隨著大家的年歲漸長，經歷各異，也便有了不同的追求與心境。後來的我們，零落在不同的地方，也有朋友遠赴重洋追逐夢想，隔著千山萬水，在每一個節日裡互送祝福，也在每一個彼此難過的時候，互訴衷腸。

　　我第一次看到「人間枝頭，各自乘流」這句話時，內心十分動容，心裡迴響起兒時音樂課上的那首《送別》：「天之涯，海之角，知交半零落。一杯濁酒盡餘歡，今宵別夢寒。」兒時唱這曲子，只是覺得旋律優美，並不能體會其中的情感，當自己長大之後，經歷了許多分別之後，更加能理解其中的意境。我們終將踏上各自的旅程，開啟自己獨一無二的人生。

　　如果你觀察過大樹的枝椏就會發現，每一根枝椏都是獨立的，形態不一，恰如我們每個人的人生，各不相同。即便我們中途會短暫的彙聚在一起，但終點都是獨自一人，面對最後的生命考題。

四季好時節

　　人世間的道路千百萬、形態各異，如樹枝、似河流，分支眾多，我們每個人都將乘風駕船，行駛在自己的人生軌跡上，或遇險灘觸暗礁，或乘風破浪，中流擊水，都是有起有伏。

　　沒有誰能貫穿他人的人生角落，父母親人也好，朋友愛人也罷，都只能陪我們一段路，總有一些時刻，是我們一個人的時刻，這是我們的專屬時刻，也是人生千姿百態的重要組成部分。離群不索居，鬧市不亂心，才是我們發現自己、探索自己的重要時刻。

　　就如同龍應台在《目送》中的那段話：「所謂父女母子一場，只不過意味著，你和他的緣分就是今生今世不斷地在目送他的背影漸行漸遠。你站立在小路的這一端，看著他逐漸消失在小路轉彎的地方，而且，他用背影默默告訴你：不必追。」

　　許是有幾分落寞傷感，但更多是明瞭生活的主體是自己本身，而非自己扮演的母親、女兒或者妻子之類的社會屬性角色。我們的孩子最終也會奔赴自己的人生道路，就如同每一代的年輕人，走向屬於自己的時代輝煌一般。

　　世間繁華，各自浮沉；各有渡口，各有歸舟。

影視萬花筒

月光寶盒的窺現

對時運與命運的一點淺薄的思考

從《盜墓筆記》中看到的人類精神閃光

命運對我們的最大考驗，總會在最不經意時來臨

進退有序的人生態度

月光寶盒的窺視

　　上週和朋友一起聊了聊幾部老電影。

　　説起來，這些電影都是年少時候看過的，那時候正是被荷爾蒙支配的時期，愛憎都很強烈。等到中年的時候，再看這些電影，似乎就帶著一些悲憫了——因為彼時更理解了這個世界上人與人的不同，也更清楚了每個人當下的認知，其實是由他們此前的靈魂所構成的，在後天際遇的鍛造下，他們成為了現在的自己，在自己的命運之中碰撞出了自己的人生，走向了自己的結局。

　　説回電影。這幾部老電影之中，我最喜歡的就是《大話西遊》，這部電影表面上寫的是情感狀態，內在其實是人生的本質。

　　白晶晶對於孫悟空的愛，是兩個時空的因素集合，五百年前的孫悟空，年少狂妄，他帶著某種對情感的自以為是，玩弄並拋棄了白晶晶。帶著這樣前因的白晶晶，不斷地尋找著孫悟空，想用殺死他的方式，來彌補自己感情上受到的傷害。

　　她覺得自己應該是憎恨孫悟空的，但是對於白晶晶這樣

的人來說，她的情感狀態不是穩定的，她的愛和恨是隨時可以交替變幻的，她和師姐春三十娘都是這樣子，時而親近，時而仇殺，永無休止。

她們代表了當下普遍的感情上受挫折的普通人，隨波逐流，沒有根繫，她們的喜怒哀樂，都繫於對她們好的那個人身上，因為那個人態度的變化而變化。

《大話西遊之月光寶盒》中五百年後，當白晶晶再次遇到孫悟空，一開始的反應是要殺他，可後來對於面前這個孫悟空（此時還沒有三顆痣）是一種輕視的態度，但是最後仍然願意為救他而死。白晶晶在河邊的哭泣，是因為之前的傷害，因為情感脆弱而哭泣，所以她是那麼的可憐。

她也有對於感情的缺失，面前這個人，正是一個合適的補償，儘管其實是同一個人，但是她看來其實只是一個相像的人。在迷亂的情況下產生肌膚之親，這種肌膚之親，也是對於過去未實現的肌膚之親的補償。但是，白晶晶的情感缺失最重點在於被愛，在《大話西遊之月光寶盒》的最後，無數次的穿越命運，她終於證明了，面前這個孫悟空是死心塌地愛她的，當被愛這個目標達成，她也坦然赴死，因為已經沒有遺憾了。

她的情感狀態，就好像那種總是詢問丈夫到底是不是愛自己的妻子一樣，一開始她們的丈夫是肯定的回答，但，當後來丈夫越來越不耐煩的時候，她們反而會真正死心，會對自己

說：「看，我早就知道會是這個結果了。」其實，她們會呈現這樣的狀態，是因為她們的欲望。反覆詢問這個問題，本身就代表了她們對自己的不確定，代表著她們的欲望無法滿足。

紫霞仙子對孫悟空不是一見鍾情，第一次見到他，就將他打了一頓並加以虐待，當奴隸帶在身邊。紫霞仙子根本不是一個以貌取人或者遵從社會安排的人（拒婚並放棄神仙身分），她對於愛情只有一個標準，那就是「命中註定」，她說誰能拔出她的紫青寶劍，誰就是她的如意郎君。

拔出紫青寶劍並不是一個力量的符號，因為紫霞是仙子，她用法力將寶劍設定為只有她在命運中尋找的那個人才能夠拔出，別的人都不能拔出。紫青寶劍可以說是一種象徵，這個象徵就類似於一個觸發點，就算是一隻癩蛤蟆拔了寶劍，也是她的如意郎君，紫霞仙子完全不會因為任何現實的權衡和任何目標的達成，來設定自己的愛。

用現在人的話來說，紫霞仙子的愛就是「純愛」，純愛的起因不應該涉及到身體現實或是任何目標性的思維根源，她的愛就是一個契機，一種奇遇，一種獨一無二的偶然。當她看到孫悟空，也就是她平時虐待的被她看作醜八怪的奴隸，在陽光下無意中拔出紫青寶劍，她表面上什麼也沒有說，但是內心已經非常明確，這就是她要找的人，並用自己的努力和生命，去達成愛的歸屬。

　　紫霞仙子代表的，其實是內心穩定狀態下的人，她很清晰地知道她自己要什麼，但是她不會變通，她很執著，因此，她在命運的捉弄下，成為了故事之中悲壯死去的那個人。她的死，反而成全了她的愛情。

　　最後，這個故事之中，真正悟道的人是至尊寶。在這兩段情感的加持下，他從失去之中領悟了人生的真諦，他成長了，成為了真正意義上至尊寶的他，既不會為了得到一個女人的真心而自鳴得意，也不會因為失去了一段感情就放棄追尋自己心中的理想。

　　當然，我悲憫的根本原因，是因為我是這段故事的觀眾，我可以從更高的角度俯視這幾個人的人生。當我能清晰地看到他們的欲望，就能知曉他們在欲望下的選擇，也最終看到了與自己預料一致的結局。

　　這個世間的事情也是如此，《白鹿原》之中有一句話：**「聖人能看到一丈遠，賢人看到一尺遠，而普通人連自己腳下的溝溝坎坎都看不見。」**

　　我們總是容易去渴望一件自己以為值得渴望的事情，卻對渴望本身帶來的後患卻一無所知。越是讓人著迷的事情，越值得警惕。而修行的本質，就是去偽存真，讓我們越來越能洞悉事物的本質，也正是因為如此，這世間真正的美好，從來都不是驚濤駭浪、狂喜狂怒，而是恬淡平靜。

對時運與命運的一點淺薄的思考

　　週末閒來無事,在電腦上重溫了幾集兒時看的一部老港片,這部港片名字叫做《大時代》,以香港股市三十年的風雲變幻為背景,講述了方、丁兩家的兩代恩怨,以及大時代下個人命運的沉浮。

　　因為這是一部老片,相信很多人都看過。只是當初年少時看這部戲並沒有什麼感覺,單純覺得好看而已。如今自己即將步入不惑之年,再看這部戲,又是另一番滋味,特別是看著劇中不同的人物,在擁有財富時的狀態。

　　首先是男主角和男主角的戀人。劇中,男主角的戀人是一個很節儉的人,五年只花了一萬塊,她拒絕任何類似於金融賭博之類的遊戲,只想安安穩穩、踏踏實實地過好自己的生活。因為她太過節儉,男主角給她取了「小猶太」的外號,但就是這樣一個小猶太,在男主角需要錢的時候,毫不猶豫地將自己省吃儉用存下來的三十萬元拿了出來。

　　另一個令我印象深刻的,是靠著股災發大財的反一丁蟹,因為他無可匹敵的運氣,靠著瞎蒙帶猜,竟然在股市賺到了

六十多億元。

　　只可惜，不管是在現實還是在劇中，這種時運都不長久，所以，在好運離他而去的時候，他就一敗塗地了。

　　這幾個人物的命運起伏，引發了我的思考，聯想到我那位對命理學頗有造詣的朋友 A 君，我發現，很多人的狀態，和電視劇中呈現的人物有些類似。當好運來臨的時候，他們更多的時候並沒有把這個當成運氣，反而把這種運氣看成自己應得的成就，覺得自己是何其的聰慧過人、把握時機，又是何其的目光獨到，總是能把握市場的脈搏、先人一步。因此總是忍不住分享自己的成功「經驗」，有些在酒過三巡之後，更是激情澎湃、劍指江山。而周遭的人更是樂於迎合和追捧，使其更加看不清真相。

　　而當他們目前的能力不能滿足自己的欲望時，他們又認為，只是因為自己運氣不好，等再過一陣子他們走運的時候，就能再次成功，賺到大錢。

　　朋友 A 君好心提醒他們，改變自己的內在、廣積陰德，才能改變自己當下的氣運。他們竟把這句話當成耳邊風，或者說，他們甚至直接選擇性忽略。最後，當 A 君的話應驗時，他們卻很生氣地責備他說：「當時怎麼不提醒我？」

　　人生有起有落，就如一個曲線圖一樣。沒有一個人的人生是完美的，那些看似不完美的缺陷，成就其他方面的完美。

正如按命理學而言，平均來看，大多數人的好運可能是十年，而這可貴的十年時光，有可能出現在幼兒時期、少年時期、青年時期、壯年時期、中年時期或者是老年時期。如果説橫座標曲線是無法改變的軌跡，那麼我們至少可以為了縱座標這個標的值而努力。

大家身邊都不乏有那種看似沒什麼本事，但是總是能走得一帆風順，獲得功成名就的人，這時候大家總愛説這人走「狗屎運」，沒什麼了不起；也有那種學業優秀、刻苦努力，卻總是沒法找到好機遇的人，總是少了伯樂的提攜，這時候大家總是愛説這個人「走背運」。

這種説法在某種程度上的確如此，運有時比命本身還要重要，這就是「生而得時」。如果你身邊有那種看起來不怎麼樣，但是就是總能節節攀高的人，那麼還真的要好好珍惜這樣的人，因為他可能真的是運氣特別好。

這就如打遊戲時的 BUG，同樣是新手村的原廠標配，但是之後的進階路徑截然不同，似乎這人自帶主角光環，連打個小怪都可以爆出極品的裝備。遇到這種人，最好的狀態就是和他結伴而行，因為好的氣運可以互相感染，不好的氣運也會互相影響。

一個人若是能知道自己人生的曲線狀態，這便是古人所宣導的「自知之明」其中一個方面。清楚、明瞭之後，人就不

那麼容易陷入無明和我執，便能夠更好的安排自己的人生走向，不盲目、不刻意，也不容易患得患失。

當然，我寫這篇文章，並不是為了討論這個現象，畢竟，看不見自己的命運，是大多數人的常態。這個世界上，只有極少數人能夠悟到最高層次，這中間要經歷很多艱辛和痛苦，就像道家說的「歷劫」一般。所以絕大多數人達不到至高點，甚至都達不到自己原始設定命運的上限值，這當然也是正常的狀態。

畢竟我們都在紅塵煉心的修行之中，遠遠沒有達到理想境界，借由我朋友 A 君的經歷，只是想談談時運和命運的關係。

記得有一句經典的話叫做：「**個人的努力固然重要，但也要考慮歷史的演進。**」這句話說的，就是時運對人的影響。我們生活在安穩的世界，免受戰火的侵襲、身體的傷害，同時還能按部就班地完成學業、實現自我，持續經營自己的生活，這就是時運帶給我們的好處。

在這樣的時運之下，我們要完成自我開悟，實現內心的自我和諧，真正認識自己的命運，還需要修行。

修行的前提，就是看到自己的渺小。而看到自己渺小的前提，就是理解哪一部分是時運，哪一部分是我們的命運，以及對於個人而言，我們到底有多少可以乘風破浪的好時運。

正如參加奧運會的運動員一樣，他們能生在和平年代，天賦被發掘，被國家隊選中，代表國家去參加奧運會，這就是時運昌隆帶來的好處。而他們自己努力訓練，將自己的運動天賦開發到世界頂級水準，就是他們為衝擊自身命運的上限值而做出的努力。在人群之中總是有那麼一小部分人，能夠憑藉自身努力突破自身命運設定的上限值，此時往往他的面相和手相都會發生一定的改變，這也應驗了「相由心生」，皮要配骨才是。相信這樣說，大家就能很清晰地看到其中的差別。

　　對時運，我們要清晰地認知它，順勢而為。

　　對命運，我們要努力把握它，讓自己透過修行，成為一個更好的人。因為，只有自己是自身命運的基石。如果一個人的命運是他人生的基礎，那思想就是方向盤。心之所至，行必將至。

　　能夠把握時運命運的人，要先有一個明確清晰認知，然後藉此找到自己的人生方向後，向著目標努力，這就是人把命運刻在骨子裡的方式。

　　任何人的成功，若非因此，那就一定是走時運。時運一過，若是不能清晰照見未來的道路，就有可能會墜入深淵。當然也有那種真是命好運也好的人，時運總是連綿不絕，雖然不是名揚海外大富大貴，但總是能順風順水、怡然自得。

　　古有云：「黃泉無門，來者皆無禮。去者皆有道，死者

皆如痴如醉，無法自拔。」

　　但，又只能自拔。所以，修行真我，是人生最好的出路。一個人理應有多少智慧，就有多少快樂。至少不能讓自己很痛苦、不順心、充滿戾氣，整天抱怨、哀怨。

　　心有主，事上磨練，勿忘勿助。智慧應該是點滴而為積累所致，斷不是憑空想像出來的，因此若是大時代背景穩定而前進，那麼所有能量的核心，應該源於每個人自身所思所想之後，勤勉的身體力行才是。

從《盜墓筆記》中看到的人類精神閃光

　　博爾赫斯說過：「文學是受人控制和故意編造的夢幻。」其實不光是小說如此，電影、電視劇同樣如此。編造故事、賦予故事之中人物真實情感，是推動故事情節發展的重要手段之一，也是人物必備的性格之一。

　　我看《盜墓筆記》的歷史，可以追溯到十四年前。今年疫情反覆，暑假期間孩子們也沒法去外地參加旅行，只能在家中待著，因此和女兒、兒子一起重溫了《盜墓筆記》的一系列電視劇，從《老九門》到《終極筆記》，再到《極海聽雷》、《極海聽雷 2》、《沙海》……

　　順帶在此感謝學生得知我在重溫此片時，還寄來了《聽雷 2》（朱一龍版）的簽名筆記本和定製的張大佛爺同款雙響手環，很是珍貴的心意，定當好好留存。

　　《盜墓筆記》作為一個大 IP，拍劇無數，要談這個故事恐怕不易，何況版本太多，看完之後未必還記得多少內容，僅憑那僅有的記憶來寫，似乎不夠負責。所以還是從感動我的人物開始說起，對，我想寫的就是張起靈。

老九門，那上三門為官，軍爺戲子拐中仙，正如煙上月。那平三門曰賊，閻羅浪子笑面佛，正如杯中酒。那下三門經商，美人算子棋通天，正如花下風流。

　　九個盜墓世家之中，裡面隱藏了很多祕密，也是《盜墓筆記》整個故事的背景來源。老九門，作為源遠流長的專業盜墓組織，組織化是為了降低風險係數，提高辦事效率，也是為了家族中的人能繼續生活下去。

　　人心難測。其實作者塑造出吳邪這個人，是為了反向映襯《盜墓筆記》的主題。《盜墓筆記》中各個盜墓家族日漸凋零，不是輸給所謂的「正義」，而是敗在了人心。故事一開始，講了一個父子攜手盜墓的故事，就是為了告訴眾人這個道理，在盜墓這種赤裸的利益誘惑面前，連父子都要互相防備。

　　既然是盜門，沒有人比他們更清楚人心是多麼的不可靠，一個以發死人財為生的組織，要維持一段良好的合作關係，並非易事。在這樣的條件下，彼此要生存下去，就需要大家的互相信任，而這信任只能是建立在血緣或者是共同利益的基礎上。而不管是血緣還是共同利益，都有它的不確定性，這就是老九門罪惡和的根源，只不過，這個故事以詛咒這種浪漫的外化形式來呈現它。

　　就是這樣的老九門，卻出了一個吳邪，一個天真無邪的清澈之人，吳邪便是吳家乃至整個盜墓筆記之中的琉璃。

生在盜墓世家獨一無二的「乾淨人」，從小錦衣玉食長大，被全族守護在與骯髒隔離的純真裡，如同暗夜裡一束光一般。他天真而赤誠，承擔著所有肅穆裡的輕鬆，嘻嘻哈哈地開玩笑，以為自己想要的一定能實現，不顧家族反對下墓，遇到困難也總是用輕鬆的笑意掩飾過去。

　　他尤其喜歡交朋友，當初他救張起靈時，也只是因為年輕人特有的英勇無畏。遇到吳邪之時的張起靈，其實已經飽經風霜，他看過了太多的人心險惡，看過了太多的爾虞我詐，也經歷過不知道多少歲月的風雲變幻。因此，容顏不老的張起靈，有一顆這個世界上最蒼老的心。

　　張起靈這個角色是極具現實意義的，他的冷清只是表像，因為能承擔責任的人註定是一個強者，是一個心中尚有溫暖的人。因為只有這樣的人，才有能長久忍受孤獨和寂寞的能力。惡人是不會忍受痛苦活下去的，他們要麼成為惡的一部分，被欲望之惡慢慢吞噬，要不就倒在不能自我和諧的作惡途中。

　　但是，因為張起靈身上背負的使命，和他過往的經歷，讓他不能輕易對誰產生期待，就像很多人說過的：「情感是一種精神陶醉，陶醉時人們失去了理智，不能清醒和客觀的理解現實。」

　　換句話說，陷入情感的人，會對未來有期待和幻想，那時候獨自面對命運，就會加倍痛苦，因為在陽光的映射下，寂

　寞會變得十分難忍。

　　不過，《盜墓筆記》終究是一部溫情的盜墓劇，雖然部分情節處理有點恐怖的意味，但是因為電視尺度有限，只能點到即止，儘管這也確實能夠嚇到一部分人。恐怖的感官刺激轉瞬即逝，是為了映襯後面留給我們的那種感動。

　　在盜墓的地下世界裡，這種人與人之間互相挽救、互相保護的溫情是最可貴的，當一個人在生命受到威脅的時候，還願意犧牲自己、拯救別人時，這個人真正的品格，也就得到了全然的呈現。

　　正如小哥張起靈，自願用自己的十年換吳邪的天真的時候，那種溫情和感動，直壓得人喘不過氣，一個看似冷峻的人，在一瞬間釋放了自己的全部熱情，當這種反差帶來的情感衝擊是巨大的。

　　要肯定的是，《盜墓筆記》裡的張起靈是個複雜的人，他十年守墓的孤寂，作者並沒有描寫，以前的人生，作者也沒有描寫。這就像張起靈的人設，他走過了太久了，久到已經忘記了很多事情，但是他仍舊保留著內心的溫暖。

　　從某種程度上來說，他和吳邪的這段感情，已經終結了盜墓世家被詛咒的那種邪惡，人性之惡最終要靠人性之中對善和美好的維護來終結。盜墓家族有這樣的結局，是因為張起靈和吳邪之間情感的救贖，凡事皆有因果的道理，在此處也得到

了最佳印證。

吳邪可說是第一主角，第一主角非正不可，勇敢、正義、清純、純淨，這種限制常常有礙角色發揮，於是角色中規中矩，淪為平庸；第二主角無甚限制，可正可邪亦可奸，更可兼而有之，而重要程度通常又與第一主角不相上下，更何況小哥張起靈的能力和心性，又怎麼能不令人印象深刻呢？

只不過作為一個人而言，看到小哥主動承擔了十年的守墓生涯，多少有些感情上的意難平。盜墓世界如同一個江湖一般，人在江湖，想要成為自己心中理想的人到底有多難，相信每一個被生活毒打過的人，都會有自己的感受。所以，真正的英雄，也不只是做驚天動地大事的人，而是願意利他、願意為了別人而放棄自己私欲的人，為了堅守自己理想，願意和整個世界為敵的人。

懷抱這樣的信念，才能抵得住十年的寂寞時光。小哥張起靈與吳邪堅守的方式不一樣，但是照見他們的光卻是一樣的。他們都是這個世界上堅守自我、不願意向欲望這頭困獸屈服的人，他們是真正的勇者，靠著這種決絕的方式，他們拯救了自我，也守住了人類精神之光的底線。

這種精神之光，雖然是一種說不清、道不明的東西，但是卻有無數的人為之生、為之死，這種品格，比驚險刺激又險象環生的盜墓情節更加雋永，也更加令人回味。

令運對我們的最大考驗，
總會在最不經意時來臨

　　因為疫情導致暑假哪裡也去不了，陪孩子們重溫了《盜墓筆記》，我們爭論哪個版本的張起靈最帥氣……，又玩了幾場劇本殺，索性自己也準備用十天時間寫個劇本殺的本子來消遣。

　　那日網站中出現了熟悉的港片《創世紀》，這是一部講創業的電視劇，裡面有一段情節讓我印象十分深刻：事業失利的葉榮添，投靠了大佬霍景良，為了事業便利發展，霍景良要求葉榮添拉自己在公職單位工作的好友許文彪下水，好利用其職業便利，來牟取更多的利益。

　　葉榮添把自己的想法告訴許文彪之後，許文彪義正言辭地拒絕了葉榮添，沒想到此時，一個大難題出現在許文彪面前，他在臺灣的弟弟，因為得罪了臺灣的黑幫，需要一大筆錢保命。得知這個消息的葉榮添，又藉此機會來拉自己的這位好友入夥，並拿出二十萬的支票引誘他，許文彪雖然為難，但是

最終還是撕掉了葉榮添給自己的二十萬支票，轉而向自己的前女友 TINA 借了二十萬，湊足了黑幫需要的錢。

彼時他義正言辭地拒絕了葉榮添，並且告訴葉榮添，自己是一個有底線的人，他拒絕被這個世界汙染。

但是命運對人的捉弄，往往就是這麼可笑。就在許文彪帶著好不容易湊夠的錢前往臺灣時，卻遇到了一個搶劫犯。就在搶劫犯要搶走許文彪的錢時，瀕臨崩潰的許文彪，舉刀殺死了這名搶劫犯。自此，許文彪放棄了自己的原則，慢慢就在黑化的道路上越走越遠了。

我第一次看到這個場景的時候，非常震撼，不是因為編劇塑造出了一個這麼豐富、立體而又真實可信的人，而是從編劇塑造的這個人物身上，我感受到了命理的某些內蘊。

從表面上來看，似乎是許文彪身邊的朋友、親人以及社會環境，逼迫他一步步走上絕境，網上的評價也大多局限於這些點上，但是從命運的角度來看，其實並非如此。之前他所遭遇的種種，雖然也是對他的考驗，但遠遠沒有到絕境的程度，他雖然能抵禦這些誘惑，但是他內心深處也明白，自己仍然還有退路，還有可以求助的對象。

命運對他真正的考驗，就在他遇到那個搶劫犯的那一刻。這一瞬間，都沒有反應和思考的餘地，幾乎是下意識的反應，他做出了自己真正的選擇。

其實，人只有在絕境之中、在巨大利益之前，才會顯現出自己真實的想法。人在絕境之中和巨大利益之前的選擇，才能反應出我們真實的人性，那一部分可能我們自身都從未察覺過，只有那一刻，能知道我們是否能通過命運的考驗。

命運對我們所有人的考驗，都是針對我們的弱點來設計的。這也是為什麼我們最在意的東西，往往會害了我們。

善惡一體，榮辱共生。我們越是在意這個東西，越是要警惕，警惕讓這個東西成變成我們執念。因此，自省能力在這個時候，就會顯得尤其重要。

「認為自己不那麼正確」，是提升我們認知的重要前提。有了這個前提，我們才能看到自己的缺點，才能向別人學習，才能改掉自己某些致命的錯誤。我有時總是無意識地爭強好勝，特別在遇到自己所喜愛和在意的事情時，總想爭個贏面和彩頭。

雖然事後冷靜下來，總能反思到這一點的缺失，但是修補這個問題的時長，卻遠遠超過我們的想像。因此，只能每每遇到比較深刻的反思和自省之時，我會用筆將這些早就反覆出現許多次問題點再記錄下來，如此逐漸優化與改進。這並沒有什麼捷徑可尋，靠的都是時光的打磨和社會的鍛造。

許文彪最後失敗了，他失敗的根本原因，不是因為他沒有堅持正義感，而是因為他沒有複雜思維，執念太深，以至於

失去了自修自省的能力。

對那些傷害他的東西，因為蓋著親情名義的面紗，他就無從分辨，全部攬在自己身上，才把自己壓倒打垮，這是他所有人生悲劇的來源。我想，他之所以會這樣做，因為他始終是一個活在別人目光之中的人，他沒有自己內在的生命力，因此，他對世界的認識和自我的堅守，都不是他最真實的自我，因而也就無法真正穩固地紮根進靈魂之中。

大部分人都是在黑暗之中摸索的，看不清我們腳下的路。就像這個故事裡面的許文彪一樣，他認為自己是一個堅守本心的人，其實是因為他生命之中真正的考驗還沒有到來，等到真正的考驗來臨的剎那，他就暴露出了最真實的自我。

他的人生軌跡，照見了我們每個普通人的人生。

很多人在真正的考驗沒有來臨時，都感覺自己的想法、自己現在的行為是對的，但是他們自己的感覺，很多時候是靠不住的，就像很多時候，喝醉的人並沒有覺得自己醉了。一個內心起了漣漪、激動起來的人，想讓他精確瞭解到所起漣漪的幅度、情緒的擾動，對自己選擇、判斷的影響，是非常難的。

這就是自我修行和學習命理的原因。

修行雖然並不能改變我們天生的靈魂，但是卻能讓我們清晰地認識自己，並藉由觀照別人，更加清晰地感知到命運的本來面貌，懂得如何與我們不可改變的部分相處。

修行，就是這樣一個認識自我、敬畏命運的過程。

　　老子曾說過：「**勝人者有力，自勝者強。**」

　　我們要向別人學習，和自己比較，而不是反過來。因為一個人內在最強大的力量，不是來自別人，而是來自內在，我們靠著後天的修行，慢慢將它啟動喚醒，同時在行動之中，調整我們的方向。

　　太極生兩儀，兩儀生四象，四象生八卦。這個世界是動態變化的，我們行事也不能只靠單一模式，而是要隨著事態的變化自我調整，同時堅守我們應當堅守的底線，這就是我們認識和把握自己命運的前提。

　　致虛極，守靜篤。萬物並作，吾以觀其復。

進退有序的人生態度

王家衛的《一代宗師》裡的宮老先生有兩個傳人，宮老先生的武功，馬三得其剛勁，宮二得其陰柔，二者合而為一，方為未嘗一敗的絕學。

武學背後闡明的道理是，我們一直在追求著中國傳統文化之中某種平衡的狀態。這種追求中正平衡的人生態度，其實是從天地宇宙和萬物規律之中出發的。道家傳統認為，人生在一種相對穩定的狀態下向前，是為「順勢」，順勢，才合理。

《一代宗師》中馬三的結局我們已經知道，馬三得剛勁，所以他的腳步只有進而不知退，所以他始終不能理解老猿掛印的「回頭」，被這一招兩次擊敗。

其實，「道」之所以和天地宇宙以及我們自我的身體運行相關，是因為這些東西之中，都包含著一種動態的思維，就像進退的選擇，即是根據實際的變化來判斷的。

在絕大多數的武學題材作品中，重點表現的都是勝負，而這些絕非武學的真正意義。武學的真正意義，並不是與人的肉體鬥爭，習武的過程就像悟道，悟到一定境界，技能也會隨

之大幅度增長，因為人對天地萬物、宇宙規律的模仿，對應著自身不停學習和領悟的過程。

這個過程也是動態的，就像對《周易》之中易理的領悟，易學的思維就是藝術修辭，就是剖析成文形態之後的隱語和暗喻，就是琢磨這些修辭或是比喻背後的原理，而這些原理，等同於人對人生的理解和選擇。

《一代宗師》之中，門派林立，使槍弄棒，交手打擂，似乎就是武者。但是在這個故事之中，卻不是想講門派紛爭，而是在說武學這種「道」的真諦，是如何透過時和勢，以及「陰陽相生」的道理來展開的。

這就是「道」的原理，也可以用來詮釋，為什麼人技能的修行會和「悟道」息息相關，因為本質上來說，不同技能的修行，是圍繞著「道」這個底層邏輯展開的不同技術。

「道」的最高境界不是招式，而是隨機應變的變化。《易經》有一個重要的觀點，叫做「上善若水」，意指水為無形，根據外力作用可化作萬般形態，所以水的力量是無窮無盡的，水的形態也是變化萬端的。

這也是為什麼《一代宗師》之中，所向披靡的武學高手葉問不重招式，反而更注重對形勢、對手和自身長處思考的原因。

宮二的人生態度和葉問不同，雖然宮二學的是宮家六十四

手，走的是陰柔的路數，但是宮二的為人處世，卻顯得剛猛而貞烈。於生活上，她卻並沒有將自己武學之中這種「退」的技藝，用在處理世俗人生上。

最明顯的是，宮二並不像葉問那樣順應時代，她在面對社會的變遷和武林的衰落，採取了完全對抗的姿態。她為報殺父之仇，即使面對「時代變了，現在殺人要償命」的勸說，執意動手，因為「宮家從不會輸，輸了的就有人去討回來」。

一生從未戰敗於他人的宮二，最終選擇了靠吸食鴉片來自殺的結局，一代武者，靠自我了斷的方式，以「宮家六十四手，我已經忘了」的自絕臺詞，頑強地將自己的人生，留在民國那個武學鼎盛的時代。

宮老先生的絕學，講究剛猛和陰柔的結合，馬三只得剛猛，最終被逐出師門，而他最後醒悟，「我一直以為當年是老爺子慢了。」方知宮老先生並非敗給了他，而是審時度勢之下故意放水，選擇了「退」。

相比於馬三和宮二，葉問應該是那個最終的悟道之人。他也有自己的底線，但在時代變化的時候，比起其他兩人，他更加能適應時代的變遷，順應社會形態的切換。他不算隨波逐流，但也絕不玉石俱焚。只有他，才完美展示了武學的進與退，如水般隨物賦形的變化。

他的悟道過程，完美地對應了宮二口中所說的「見自己、

見天地、見眾生」這三個階段。「道」的核心在於順時順勢，在於透過學習鑽研具體的某件事，讓自己獲得更高的領悟。只有這樣，我們才能跟隨著時代、宇宙、天地的變化而變化，才能安放好我們自己的人生位置。

《一代宗師》之中的武學呈現，是將武學當成一種高妙的技藝姿態，進行形象的展示。武學的目的不是競爭、勝負，是和自己的較量。並不僅僅是將肉體力量提高，更是將人生境界提高，用武學所得的「道」，來指導人生的選擇。而悟道的深淺，也註定了每個人最後的人生結局。

讀書清人心

謀不可眾，利不可獨

衣食住行，思維之外

《人間草木》

博觀約取

謀不可眾，利不可獨

　　最近因為一些知名公眾人物的私事，導致網路上各種爆料和輿論導向，而很多網友就在各種帶風向之下，開展了一場瘋狂的輿論盛宴。讓人不由得想起那本名為《烏合之眾》的書，這本書是法國哲學家勒龐的著作，其中有很多觀點在今日看來，仍然很有啟發性和指導意義。

　　這本書整體上講的是群體對人的影響，但是更多是從壞的影響方面來說的。勒龐認為群體帶有某種盲目性、狂歡性，非常情緒化，因此當個體陷入某種群體的狂歡時，就會缺乏思考。

　　其中最典型、最具有代表性的部分，就是現在越來越多的「吃瓜」事件。每每有一個社會性事件發生時，就有很多人會化身網路評論員，將這件事大肆渲染，而事情的真相本身對他們而言，反而不重要了。

　　其實，人類是社會的動物，社會的動物最突出的特點之一，就是其社會性。人的社會性導致人類最基礎的情感需求之一，就是尋找歸屬感和認同感。但是數量的眾多，從某種程度

上也就意味著泥沙俱下，失去了分辨的智慧和能力。

我們的生命天然地透過群體屬性解決問題，又透過缺乏資源成就自身。人群聚集的初衷，可能是為了互相幫助，但度過難關之後，又要透過互相壓迫來證明自身價值。

就像我之前說過的那樣，我們對這個世界的思考，是需要靠自己獨立完成的。因為每項思考最終改變的，是我們大腦之中神經結構的連結，而這種改造的過程，只能靠自己獨立完成。

我們大腦的這種運動，就是先於邏輯而誕生的思考，思考是可以不講道理的。我們看到了一樣東西，就會在大腦之中，嘗試對這樣東西進行連結和組合，以便我們創造出新的東西。這種思考和組合，幾乎時時都在發生。

這種基於無序而產生的思考，其最終的目的，是為了獲得真知灼見。但是，因為思考本身是超脫於現實的，所以思考是完全主觀的個人思考運動。這就是謀不可眾、利不可獨產生的原因。

但是烏合之眾針對一件事產生狂歡，這種現象其實很常見。為什麼會很常見呢？這源於人類社交的本質。人類社交的目的就是尋求共識，共識的目的其實是為了尋求共存。而這種尋求的動機，是因為害怕孤獨所產生的社會屬性，所以人類社交的本質，就是不同程度的求同存異。而求同存異的本質，是

理性和感性的共鳴，是愛自己。

　　而群體之中產生的爭辯，大部分時間都是為了求得認同，這是一種借力行為。本質上這是一種求助，但大多數人卻意識不到或者不願意承認這個事實。但是那些總是懷疑他人、喜歡和他人爭辯的人，最大的問題是，他們不知道，哪怕是這個世界的主宰，也無法強迫他人的精神屈服。不接受現實又不自量力的最直接表現，就是爭辯抬槓。

　　當一個人懂得「道」的作用是確定自己如何在這個世界存在後，才能知道「用疑」的作用。那個時候，人才能正確區分自己和天地宇宙的位置。

　　烏合之眾會在網上批判，本質上是對網路資訊的某種懷疑，懷疑的前提是基於大多數人認為自己是正確的。疑首先是種注意力。其本質就是相信，是觀察的動機，而觀察是實踐的前提。實際上疑的性質就是信，只是人不會直接確信，所以才會有「用疑」這一說。

　　所謂「不怕人不信，就怕人不疑。」疑的價值從某種角度上來說比信更大，善用疑者，有時候比善得信者更加可怕。只不過只有對那種真正確定了自我位置的人，才能確知何為「持信為王，用疑為妖」。

　　那麼如何用疑呢？我們以信作為參照，持信是為了得權，因為信的終點是實踐。而疑是信的起始，所以用疑就是為了造

機，這個機會就是觀察。

透過觀察，我們才能確信自己是對的。但是，開悟的人能看到的是天地宇宙、往生來者，而沒有開悟的人，只能看到表面的東西。因此，兩者的智慧也不可同日而語。

所以為學患無疑，疑則有進。為戰患無知，無知必疑，疑則必敗。

有之以為利，無之以為用。人群趨利則成勢，成勢則不得私已。故得道之人常避鋒芒，以成其私。但是，如果沒提前想通，沒有開悟，往往還不如從眾。所以，修煉自己的智慧，成就自己的道行，是一生的功課。

警惕從眾的心理，是在某種程度上要尊重眾生，就像我們警惕得勢之後，為什麼還會不得私已一樣。不得私已，其本質上就是不能隨意結束。道心道行不是固定的，常常以各種形態出現來考驗我們，正如水無常形一般。

為什麼得道之人還要常避鋒芒？按照世人的常規邏輯，都得道了，那麼強大，應該可以藐視眾生了才對，得道了不是應該可以隨意掌控趨勢嗎？

錯把外力當能力，就是禍患的來源，很多名人都是因為沒想明白這一點，才會在成名後出現膨脹心理。所有人都是渺小脆弱的，所以要把自己內化到往生來世，天地宇宙和芸芸眾生之中，才能活得更好。

得道高人也只是懂得了借用世間萬物的力量，而不是掌控這些力量，就像別人掌控不了你一樣，你也掌控不了任何人。它的出現和消亡，對你是好或壞，都是它自己運轉的。英雄造不了時勢，但是英雄能借用更大的時勢之力。

　　謀不可眾，利不可獨。以己為軸，善融於世，也是修道和歸一之真諦。

衣食住行，思維之外

　　為了寫新的小說《開元霓裳樓》，一直在翻閱一些資料，正巧前些日子看到一本關於古代人日常生活的書，從細微之處著手，徐徐闡述了不同朝代的人吃什麼、用什麼，甚至包括如何如廁，詼諧幽默的文風之餘，是永遠縈繞在人身邊的實際問題，衣食住行。

　　又巧廣州這個年陰雨連連，溫度極低，在家中陪著父母一起看《人世間》，聽著父母一邊感慨一邊種種評論，細思之下的確如此。如今極大豐富的物質資源，讓我們把所擁有的許多，都當成了理所當然，殊不知宋代以前沒有炒菜，工業革命以前沒有空調，高鐵也是近些年的傑作，當生活越來越便捷的時候，生活的意義反而不夠明晰了。

　　遠古時代，祖先們茹毛飲血，食不果腹，朝不保夕，思考的僅僅是如何活到明天；農耕時代，隨著農業生產的發展，人們有了一定的食物儲存，開始考慮發展養殖、小手工等產業，思考的是如何長久的活下去；工業時代，當食物已不再缺乏，更多的人力、物力集中在各大工商業中，人們開始思考如

何更有品質地活下去；如今資訊時代，物質已不再成為遏制自身發展的束帶，我們更多思考的是，生而為人，此生為何。

　　人類對美好生活的追求，確實是社會不斷進步和發展的不竭動力。正是因為我們永不滿足，才推動了許多科技進步，甚至帶來產業革新，讓生產方式發生了翻天覆地的變化。但這種追求有時也會讓我們迷失在技術中，沉溺在物質中，從而異化成了一顆嚴絲合縫的螺絲釘，一個為了某一職位量身定作的人。

　　許多科幻電影的設定，都是科技高度發達後，絕大多數人失去了思想，淪為了少數人的奴隸。在人工智慧的管理下，從事單一枯燥的工作，雖然衣食無憂，但此時的人，是否還是一個獨立鮮活的人呢？人類最獨一無二的地方，就是每個人的思想與自我。

　　發達的網路，讓我們見識到了遠不屬於同一階層的人的生活，可能上一段影片還是「金滿箱，銀滿箱」，下一段影片就是「轉眼乞丐人皆謗」，自然也會想要的越來越多，其實真正需要的又有幾何。

　　馬斯洛的需求理論中，從層次結構的底部向上，需求分別為生理（食物和衣服）、安全（工作保障）、社交需要（友誼）、尊重和自我實現。衣食住行，說到底都是底層需求，隨著社會的發展和自身的成長，追求更高層次的需要，就成了自

然而然的事。不管是麻衣粗布還是綾羅綢緞，只是同一物別的不同形態，其功能本質並未發生改變。如果始終執著於物質條件的改善，那就會永遠停留在這一層次上，無法實現思維認知上的跨越與進階。

物質基礎決定上層建築，但於個人而言，物質基礎和精神發展間，並非是單向決定，因為人的主觀能動性，讓我們可以調和自身欲望與實際間的關係。都説知足常樂，這一「足」字就是我們可以反覆咀嚼、不斷具化的行為準則。

如同「採菊東籬下，悠然見南山」的陶淵明，隱於山野，心在桃源，陶潛生活並不富裕，衣食住行在那個時代，也並非錦衣玉食，但這些並不影響他明媚的思想和豐足的精神世界，物質或許有一個剛剛好的尺度，而這把尺子在心間。

華屋萬間，夜臥不過五尺；臥榻三千，只得一席安寢。古有顏回，一簞食一瓢飲，回也不改其樂也。我們並非追求生活上的苦修，而是自在心自在事，不拘泥於物之華貴，器之精美，追求精神世界的灑脱和自由。

《莊子》有云：「**萬物皆種也，以不同形相禪，始卒若環，莫得其倫，是謂天均。**」是説萬物都是種子，以不同的形態相傳接，自始至終像一個圓環，沒有端點，這就叫自然的均衡。這種均衡，源自對世界的深刻認知，在物質運動中，探尋奧妙與真理。

因為世間萬物都是「然於然」、「可於可」、「無物不然」、「無物不可」，所以認為只有無言之言的卮言，才最符合自然之理。有著如此心態，才能在物欲橫流中保持自我，入世不入俗世，萬物皆可用，萬物皆不屬我。

　　生活在這個物質的社會，我們做不到孔子所說的絲毫不受利祿牽制，或許也做不到像曾子那樣為三釜而樂，反為三千鐘而憂，但我們可用「何妨萬物常圍繞，但自無心於萬物」來錘煉心境，要以平靜之心應對世間萬物的誘惑。

　　一生所求，唯參悟人生，體味人間，世間百態，皆與我而不屬我。

《人間草木》

　　今日，和工作室的夥伴們去了一趟周邊城市，驅車也就約莫一個半小時車程。

　　此趟的目的就是慕名去看看一位「米婆」，在嶺南一帶，查事問先人的阿婆，大家叫她米婆。這疫情加劇的日子，雖然遠處去不了，但是近的地方總是能去尋訪些民間異人，也是生活的樂趣之一。

　　午後，在阿婆住的前院有兩條長凳，我拿著一罐「續命水」（我的摯愛冰可樂），背靠著閨蜜，我們看著一旁的落葉和小鳥，心中的感念竟然如回到了兒時的家鄉一般。

　　這讓我想起了汪曾祺先生的文集《人間草木》，那是一本總是會一而再、再而三打動我的書，汪先生作為中國最後一批士大夫，他的文字總有著閒庭信步之感，繪於小物，不拘泥於物。

　　人活著，就得有點興致。看花鳥看魚蟲，品美味嘗野酒，總是帶著稚童般的熱愛打量這世界。汪老先生在《人間草木》中最著名的，大約要數梔子花「梔子花粗粗大大，又香得撣都

撐不開，於是為文雅人不取，以為品格不高，梔子花説：『去你媽的，我就是要這樣香，香得痛痛快快，你們他媽的管得著嗎？』」

甚少有文人用如此粗俗直白的語言來表達喜惡，這份赤誠因為少見，所以珍貴。我們常説要返璞歸真，其實便是用最原始的態度去對待世間萬物，不加修飾，愛便是愛，厭便是厭。

這與「不以物喜，不以己悲」矛盾嗎？實則非也。有些人認為，這句話是指不要因為外物的好壞高興，也不要因為自己的不利處境而傷悲。其實更多的是一種豁達的胸襟和超然物外的灑脱，但這種大事上的淡然，並不妨礙我們生活中細微之處的歡喜。

我們常説「小確幸」，人生不如意事十之八九，許多快樂幸福是自己賦予的，正如叔本華所言：「幸福是欲望的暫時停止。」生活於誰都是半程風雨半程塵，帶著一顆不預設立場的心輕裝上陣，才能更好地體味生活的福袋。

梔子花這一意象，還有另一層含義。古時文人大多喜愛梅蘭竹菊，其芳香淡雅也是其高雅品行的重要組成部分，梔子花因其香味濃郁，為文人墨客所不喜。汪老先生借這段文字，濃烈又嬌橫地表達著，想做什麼花便做什麼花，何必為了討他人開心，矯飾自己呢？

《道德經》有云：「知人者智，自知者明。」人貴在自

知，勝在自我和諧，接受自己原本的模樣，無需為了他人的期待而活，雖然我們與親人、朋友有著難以割捨的感情牽絆，然而最終，我們的人生也只能由我們自己負責。

生來是梅花，便在凜冬時節紅豔一時，傲決風雪，不必欽羨桃花的溫婉、春風的多情；生來是青竹，便咬定青山，節節攀升，不必懊惱無花的缺憾、山嶺的清寂。各花入各眼，做好自己便是了。

文集中有一篇《葡萄月令》，我最喜歡。全文從一月到十二月，流水帳般地記錄了葡萄的種植、培育、採摘等，宛如一份農業報告。

這其實是汪老先生被下放幹校勞動的過程，但字裡行間沒有絲毫抱怨和哀嘆，勞動是美的，葡萄架是美的，沒有歌頌苦難，也沒有避諱挫折。無論身處何種境遇，都不能喪失感知快樂的能力，這或許就是汪曾祺的動人之處吧！

大學畢業之後，我也去了很多城市，看過許多繁華與美好，最終選擇了在廣州這裡生活。因為在我心中，這裡是大城市中最有人情味、最自在、最有煙火氣的城市。

正如和老廣們一起，山珍海味我也吃得，鄉野小菜我也品得，陽春白雪和下里巴人從來不是對立的，而是相互融合，在生活中交相輝映。在那些蒼蠅小館，在那些私房菜館裡，總能得到身心的藉慰與溫暖。

寫著這篇稿子的時候，工作室的小米粥快煮好了，滿室飄散著淳樸的米香，深深聞上一下，都讓自己覺得元氣飽滿，兩邊的嘴角，也抑制不住地向上翹。

　　想著一會兒到嘴的粥，好似總要給它配搭個夥伴才妥當。能配上這道十足米粥的，似乎只有深植於我兒時心中的鹹鴨蛋。這鹹鴨蛋，不知勾出了多少少年人的饞蟲，質細而油多，蛋白柔嫩。

　　直至今日，儘管我已嘗過全國各地知名的鹹鴨蛋，仍以汪曾祺文中的鹹蛋為最。那份混雜在鄉愁中的悸動，細膩到舌尖的筆觸，都讓我更愛這人世間，更感念有機會可以體會這世事百態。

　　帶著一份感恩的心生活，是不會不快樂的。汪曾祺說：「我當了一回右派，真是三生有幸，要不然我這一生就更加平淡了。」多頑皮的老頭兒，再破敗的事到他身上都化成詩意、披成霞光，成了娓娓道來的過往雲煙。寵辱不驚，可以稱得上是其一生的態度畫像了。

　　寵辱不驚，看庭前花開花落；去留無意，望天上雲捲雲舒。既然來這世上走一遭，也不必執念於花開雲散，做一個世間的觀察者，時光無情，但每一件小事我都用心體會。

　　我不計較個人得失，因為於我而言，赤條條來這世間，萬事皆為得。我將繼續懷著一顆童心，行走在生活中，接受生

活帶給我的每一個挑戰，也欣喜於生活獎賞給我的每一份禮物。正如草木受惠於光陰，我覺得「生活是很好玩的，是充滿希望的」。

世間從不缺少美麗，心靜觀物，萬事皆清。

博觀約取

　　最近讀了幾本書，特別是《事實》一書，讓我對自己有更多的認知和思考。而另外幾本書中，很多觀點讓人耳目一新，從認知革命到現今的科學革命，人類一直在透過各種層面的手段，拓寬自己的邊界，成為了當今具有如此燦爛文化的物種，不可不謂壯麗。

　　認知革命是人類發展史中最重要的一次革命，直至現在，對我們每個人的思維層面和實踐層面都影響深遠。某一次偶然的基因突變，改變了人類，也就是智人大腦內部的連接方式，讓他們擁有了全新的思考方式和溝通方式。

　　這種能力就是「討論虛構的事物」。比如認知革命以前，不管是智人還是其它動物，都能用語言表達「小心！有獅子！」，而認知革命後，智人就能説出「獅子是我們部落的守護神」這種話。這種想像的現實，最終可以人人都相信，而且只要這項共同的信念仍然存在，力量就足以影響世界。

　　想像力實在是人類最寶貴的財富，這種漫無邊際的能力，讓我們從某種意義上，甚至擺脫了依賴 DNA 進化的自然規

律，發展農業、工業、科技，創造國家、軍隊、文化，這一切的存在，都是想像的偉大產物。

　　跳脫出宏大的社會學概念，我們在個人的具體生活上，也同樣受到認知觀念的制約。我們認為什麼東西對自己最重要，就會自然而然地以此為生活的重心，從而萬事有了偏倚。比如認為快樂最重要的人，可能成為樂觀主義者；認為事物的本質最重要的人，往往成了悲觀主義者。但無論悲觀或樂觀，其本質上都屬於個人的價值判斷，不等同於客觀事實，世界自行其是地運行著，無所謂人們如何看待。

　　所以我們讀很多書，同古人進行穿越時空的對話，同不同文化屬性的人們交流，不過是希望能越來越清晰地意識到，選擇的多樣性和可能的無限性，原則上只要我們的認知與實踐匹配，我們可以成為任何人，做成任何事。

　　這並非是在誇大念力。有一位做心理諮詢師的朋友曾和我分享，有很多來諮詢的朋友，受成長環境的影響，看待事物存在一貫性的思維方式，從而沉溺其中，愈發痛苦。諮詢的過程，其實就是引導對方打開自己的心門，允許更多的理念進入，用更順應本心的方式去生活，與自己的生活和解。

　　心理學上有個概念：管窺效應。當一個人的眼睛只能透過一根管子看事物時，管子以外的東西是看不見的，從而失去整體而長遠的判斷。世界上最大的監獄，就是人的思維意識。

「博觀約取，厚積薄發。」出自蘇東坡的《稼說》，本意讀書要廣博而善於取其精要，要有豐富的積累而謹慎地運用知識，是一種優秀的學習方法。但在我看來，認知的提升和訓練也是如此。

　　同樣是見識了豐富世界可能性的人，可能會做出不同的選擇。有一些人可能在發現未來和當前都有人力無法掌握的存在，成為了虛無主義的忠實擁簇；也有一些人在認清了殘酷現實後，依然樂觀積極的面對自己當下的生活。世界上只有一種真正的英雄主義，那就是在認識生活的真相後，依然熱愛生活。

　　約取，就是一個自我篩選的過程。如同大樹需要修建枝椏，認知也需要時常省檢。有時候閉目沉下心來，定心靜性，讓各種念頭自由生發，自生自滅，不妄加干預，也不自我批判，再次睜開雙眼，只覺得周遭好像沒有變化，但卻煥然一新，心裡的雜念也消失了，更加擁有自我的掌控力。

　　我們是無法掌握世界的，即便科學革命已經進展到如今這般，甚至我們可以透過基因工程技術改造生命，成為了理論上新的造物主。但我們仍然是世界變化進程中的一環而已。人類這個物種如此，浮沉在人類社會中的每一個個體更是如此。所以我們唯有掌握自己，或許換一種說法，便是認識我們自己。

　　不是透過他人的評價好壞、社會的地位高低來認識，而

是從心靈的自我認知上來認清我們自己。在瞭解了花花世界的瑰麗與陰暗後，依然有能讓我們一直奉行的精神信條；在與無數哲人文豪思想碰撞後，依然有保持自我的精神家園。

我熱愛這個複雜的世界，但我也允許我做簡單的自己。

遊戲人世間

喜怒哀樂眾生相

劇本殺之我見

戴著 VR 頭盔的靈魂

射覆之趣

喜怒哀樂眾生相

前些日子和朋友們開始玩起了劇本殺，以前只喜歡玩密室逃脫的我，忽然發現和一群四十歲左右的朋友們玩劇本殺很有樂趣。我們一行六人本著「至死是少年」的心態，體驗了一次微恐的劇本，結果就是大家在現場瑟瑟發抖，多少年都沒有尖叫過的嗓音，得到了全然的釋放。

閨蜜璿璿在黑暗中緊緊抱住較小的 CYC，因為 NPC 的突然尾隨，導致她一陣大力搓揉前方隊友，很快 CYC 的前胸就一片紅色手印，之後還有抓傷我背部的曉曉。首次參與探險的 YVONNE，倒是顯得比較沉著，讓一群自己嚇自己的朋友們得到了一絲安慰，而之後被璿璿用銅盆猛得扣住頭部的 OY，估計心中也是欲哭無淚的節奏……

劇本殺之所以這麼火，或許是因為其中的百樣人生總會引發人的思考，畢竟大多數人的人生劇本，都沒有那麼「狗血」。劇本殺中總有很多想像不到、但又在情理之中的橋段，可以讓人沉浸片刻，進而從這種虛構的人生之中，觀照自己的人生狀態。

在劇本殺之中，會經歷一個完整的故事階段，會看到真相是如何在故事之中被多次反轉，而我們的情緒又是如何被這種設計牽動，一次次訝異，或是一次次啞然失笑。到了結束的時候，竟然會像經歷了一番夢幻人生那般生出喟歎。彷彿擁有了上帝視角，從被劇本操縱的喜怒哀樂之中，窺見了人生的無常。

羅伯特麥基把故事稱作是生活的比喻，人們在故事之中，看到了自己生活的高度抽象。劇本殺也有這樣的功能，它濃縮了我們的一部分人生，讓我們在高速的過程之中，感受到自己的情緒是如何變化的。

但是無論是用什麼樣的形式來包裝我們的情緒，都是帶有商業色彩的一種模式。要觸摸到生命的本質，我們就應該真正地關注與瞭解這些東西的成因。

就像劇本殺一樣，把一些東西從生活之中抽象出來，把種種眼花繚亂的感情色彩剝離掉，端看什麼樣的行為，在什麼樣的情形下會導致什麼樣的情緒，乃至什麼樣的生理結果，才能讓我們更清晰地認識到自己的命運。

這個世界上，有很多人都會被外顯的東西所迷惑。就像《大話西遊》之中的白晶晶一樣，她代表著普通人的七情六欲，至尊寶愛她的時候她就高興，至尊寶不愛她的時候她就悲傷得要死。一會兒要殺他，一會兒愛他，就是一個人被情緒操

縱時的表現。

　　修行的本質，其實就是剝去這種引動我們情緒的幻想，讓我們從本質上認識一個東西，同時，靠著不斷地自我修煉，強化我們的認知，獲得心眼，才能不被外物所迷惑。

　　在判斷一個人或一件事的時候，不宜從外在去判斷是否良好、是否正常，而應該從內在、從結果去檢驗。如果我們同時看到兩個人，一個外向、一個內向，只要各自都能在自己的生活邏輯之中自我和諧，也不給別人造成負擔與痛苦，他們就是一致的，他們的行為就可以歸為一類。

　　這種對本質的判斷，就是一個人的心眼，一個人看到本質的時候，自己的內在也會穩定很多，情緒就不太容易被牽動。這是一套完整的體系，就像劇本殺的設計，是從整體上解構的，它透視了人在情緒之中的反應，然後把它們安放在同一個載體之中，所以能在短時間內吸引大家的注意力。

　　然而生活不是如此。生活是瑣碎的，很多時候資訊並不是那麼容易外顯，這就需要我們有足夠的判斷能力，和發現真相的能力。

　　一個真正勇敢的人應該看到真相，並渴望看到真相，極度害怕自己不美的人，想從「其實我很美」上來建立認知，並由此改變情緒模式與行為模式，實際上是一條錯誤的道路。一個內心足夠強大的人，應該認識到，外在美對於不當藝人的人

176

而言，其實並沒有那麼重要。從劇本殺的世界裡照見的人生，照見的是對命運的坦誠，以及一個人內心世界的真實感受。在那樣的引導下，我們的喜怒哀樂幾乎無所遁形，我們對命運的理解才更加深刻。

但是僅僅是理解，還不能算是修行，**真正的修行是行動**。我們從真相之中，知道了我能做到什麼，我不能做到什麼，從而從系統認知上改變自我。在系統認知上的改變，其實是要建立我們頭腦之中的思考和觀察世界的能力，驅策我們學會什麼時候該用什麼樣的處理方式。

修行，就是為了讓我們照見自己的命運、自己的內心宇宙，並透過認識自己來認識到天地萬物的運行法則。當我們所知所見的法則越多，我們對未知的恐懼就越少。

歸根結柢，人的焦慮和恐懼，皆是來源於人對未知的恐懼，對於那些不能把控、不能掌握的東西的恐懼。要從根本上穩定自己的內在，就要從根本上認知這個世界的本質，認知到「道」對於每個人的影響。

當我們在情緒波動很大的時候所建立的認知，毫無例外都是邪謬的認知、有害的認知，所以一個經常憤怒的人，是難以容受正見的。相反的，在極度感動、同情、慈悲時建立起來的認知，也可以說是深度情緒下建立起來的認知，它是相對堅牢的，但還不是十分的堅牢。只有在良好的深度情緒下建立的

177

認知，才能和我們的本源共振。

　　因為大多數人都沒有深厚的修行，所以普通人要穩固自己的認知，體察自己的內在，就只有觀察自己。那些在我們深度感動、同情、慈悲時建立起認知，以及在極度清醒、理智、超然的狀態下建立起認知，這些時候建立的認知要相對穩固，不容易被撼動。如今，我們的生活被越來越多的東西所迷惑，要建立真相和認知越來越難。

　　努力把我自己一點點淺薄的感悟和認知寫在這裡，如果能讓人看見，反思自己片刻，就是值得讓我感到幸福的事情。

　　話說，朋友們，我們的下一次劇本殺什麼時候再約呢？等你來約我哦！

劇本殺之我見

　　暑假裡和朋友們玩了一個本,名字我已然記不清了,內容就是臥底的間諜,在玩的過程之中,我覺得設定並不符合人性。所以一時心血來潮,用了一個多月的時間,創作了自己的第一個劇本殺《十州‧浮生夢》(暫定名)。內容其實並不複雜,就如本子的名字一般:「夫天地者,萬物之逆旅也;光陰者,百代之過客也。而浮生若夢,為歡幾何。」

　　這個本是一個關於命運捉弄的故事,在這個故事裡,沒有絕對的對與錯,也沒有絕對的好人與壞人,有的只是一個個心懷執念的可憐人。

　　在劇本的開頭,我寫了這麼一段話:「三界之中,唯凡人脆弱,他們難逃一死,可每一個年歲、每一個階段,都有平凡卻深刻的喜悅,日月代序,四季交替,人有生死,木有春秋,以情視之,悲欣交勝,以心視之,恆在無更。生死有道,人世如川,往者來者,日夜無息……」

　　邀請朋友們來進行這個劇本殺內測時,我發現了幾個有趣的現象:年長的朋友,對我在劇本殺之中描述的人物,更為

理解與包容，對故事裡這些人物的人生選擇和命運際遇，也更能理解和共情，甚至可以得到一些啟發；而年輕一些的朋友，則執著於凶案本身夠不夠精彩、夠不夠刺激，自己可以演繹的部分多不多，或是凶手是不是容易被猜出來這些點。

「劇本殺」起源於歐美國家一個非常流行的派對遊戲 LARP（Live Acting Role Playing Game）。從字面上來看，「劇本」這兩個字的意思應該很好理解，很多人的疑惑在「殺」這個字上面。

其實，「殺」的意思就是謀殺，這個遊戲和其他互動猜謎的遊戲一樣，用推凶的方式找到最後的答案，獲得我們應有的獎勵。劇本殺這個遊戲，簡單一點來說，就是用劇本虛擬出一場謀殺故事，玩家透過扮演劇本中的角色，根據案發現場搜索到的證據，以及自己和其他人的溝通交流的調查取證，去探索完整的故事真相。

同時，結合自己看到的故事背景，演繹和推理破解出整個案件發生的順序和過程，找出真凶。純粹的推理解謎，是一種速食式的遊戲玩法，一個小時左右結束遊戲，大家在各自的家中就可以完成遊戲，主要是打發時間，比起之前的殺人遊戲或者狼人殺來說進步不多。

最初玩劇本殺時，很多人都告訴我，劇本殺最好玩的就是推凶環節，找到真凶，有一種解謎之後的快感，似乎謎團越

複雜，這個遊戲就越好玩。但是謎面的刺激與否，或者說謎團遮掩物的設計套路總是有限的，隨著劇本殺的發展，推凶的環節也隨之越來越離奇、越來越魔幻，到最後，甚至高出為了設計複雜謎底而悖逆邏輯、扭曲故事的做法了。

當然，遊戲到了這個環節就已經不是遊戲了，而是一種對閾值的刺激。人的欲望總是越來越難滿足，這似乎是人的天性，因此，那種扭曲了邏輯的劇本殺，漸漸地棄之不用，也越來越難吸引人了。由此可見，把注意力放在「殺」這個字上，似乎與人的需求背道而馳。

在內測一和內測二中所看到的這個結果，引發了我對劇本殺本身的思考。「**紙上得來終覺淺，絕知此事要躬行。**」這句話很多人都聽過，但是要真正領悟字面意思背後的原理，沒有經歷是不行的。我曾在一個講人工智慧的科幻作家的作品裡，看到過一個原理：如果一個人想要掌握二十年的經驗，那他就必須有二十年的經歷，想要把他二十年的體悟，壓縮在短時間內完成是不可能的。

劇本殺這種遊戲，看似是我們在幾個小時內體悟另一個角色的人生，但是要真正理解這個角色，從這個遊戲之中獲得情感的滿足，其實是調動了我們自己幾十年的人生經驗，和前面人生積攢下來的厚重體悟，才能真正理解自己所扮演的那個角色的人生情感，體悟到一個故事的曲折婉轉之處。人生能沉

澱下來的經歷，會讓你更能理解旁人的行為與決策，沒有誰的心天生就寬廣，無非是遇到的事情多了給撐大的。所以，有時文中一句人物遇事時「淡淡一笑」的力量，可能比千軍萬馬還要讓人震撼。

剛創作這個劇本殺的時候，有位朋友告訴我，現在流行的劇本，很多是歡樂本、喝酒本、恐怖本……，還有反轉本和各種虐到讓人哭出來的本。可我以為，這個世界上真正打動人的，不是離奇的凶殺案，也不是一場精心設計的推理詭計，更不是刻意製造的情節反轉，而是符合人性，能引起玩家去思考人性、體悟本中角色心路歷程的劇本。正如百味人生之中的百味感情，淡薄如初茶，卻能令人久久回味。

意料之外的是，我約朋友來測試我寫的《十州·浮生夢》時，朋友們玩到最後，竟然開始包庇真凶，都不願意指認凶手。我事後問他們為什麼，他們說這個角色在劇本之中與我如此緊密，實在不忍心把他供出來。我忽然明白，因為玩家走心的進入了劇本角色之中，便不忍心再揭穿故事裡的真凶。

劇本殺提供給我們的，是我們在幾個小時之中對他人命運的理解，對他人命運的體悟過程，讓我們能從別人的命運之中，照見我們自己的感情，同時，從我們自己的感情出發，去理解別人的人生。

就如輪迴一般，給了你一次全新的人生、全新的初始設

定、全新的身分與經歷，面對這些你會如何選擇？選擇的慣性是否與現實的人生吻合？這本就是一個對自我意識與深層潛意識難得的觀察機會。

我一直認為，能理解別人、寬容別人，是一種高級的能力，這種能力並不是與生俱來的。嬰兒生下來的時候只看得到自己，所以釋放的是自己的天性。而我們在後天的學習之中，不斷地學會了與別人合作，又在合作的過程之中，不斷地約束自我、理解他人，最終達成了自我與他人的和諧、自我與世界的和解，找到了屬於自我的定位。

領悟他人的人生，就是我們學習理解別人、學習理解這個世界的過程。畢竟，這個世界遠遠不只一場遊戲，而在遊戲之中，照見的也永遠是我們自己的情感和抉擇。

戴著 VR 頭盔的靈魂

　　我曾經做過一個比喻：我們就是一群戴著 VR 眼鏡玩遊戲的靈魂。在最初，自己選定了內容和劇情，選定了難度和挑戰，然後帶著期盼、帶著熱血，步入新的征程。

　　只是從我們戴上 VR 的那一刻，我們忘記了自己的高我，其實是那個選定內容的靈魂，而把自己投入了角色，成了「自我」那個劇情選定的主角。我們在裡面闖關、打怪、升級，體驗著各種磨難、成長、喜悅、豐收、痛苦、留戀、不捨、不忿、傷痛、悔恨、慚愧、憂傷……

　　直到遊戲結束，我們摘下 VR 的那一刻，高我的形象又清晰了，真正的靈魂覺醒我們才意識到，我們又無比投入的玩了一次 VR。這時候，高等的能量在一旁問你：「還要再挑戰一次嗎？」

　　你還沉浸在上一次的遊戲情節中不能自拔，你說還要，這次肯定會表現的更好。

　　高等能量笑了，他說：「請你繳納足夠的遊戲幣，然後你就可以選擇相應幣值的遊戲內容、難度和劇情還有角色，祝

你好運。」

如果你能在遊戲過程中看破，就會恍然大悟，原來一切都是虛幻，儘管它那麼真實。那份看破，恐怕最初不是喜悅，而是恐懼和驚慌，之後才會帶來平靜和喜悅，再之後，也就無悲無喜、無怒無怨了。

既然身在 VR 遊戲中的我們，短時間都無法離苦，那就身在其中吧，不要深陷其中就好。現在你遇到的所有挑戰，說不定都是當初的你，攢了很久的遊戲幣才能換來的體驗，既然如此，順其自然就是。

如果遊戲幣攢不夠，而其他條件又不變，總是在一個關卡過不去，就會陷入一個假定的閉環，這不以我們意志為轉移，除非出現新的變數，或者到達奇點。但是就算如此，再來一次的軌跡還是大體一致，除非你完成那項任務，才能過關去下一個關卡。

道家說：「大道至簡。」越簡單越清晰，後天返先天，人才能越平靜越喜悅。正如易學易理學得越深，往往越是無奈，哪怕你將這些都爛熟於心，依舊無法看到事物的核心與本質，最終你只能淡然一笑。而這份看似簡單一笑，其實後面飽含了滿滿的的內容和掙扎，還有一次次的嘗試。

只是下次選角色扮演和劇情時，積累了足夠的遊戲幣，就再挑一些更讓自己可行的支線任務和設定吧！

說完這個小故事，最後，願我們帶著高度清晰的覺知，盡情遊歷這一趟 VR 旅行。保積極進取之精神，秉中正浩然之氣；認真不當真，行入世之道，存出世之心；則，來去無牽掛，萬般皆喜樂。

射覆之趣

　　今年的元宵節尤為豐富有趣，大概是孩子們終於開學了，把大女兒送進寄宿學校，明日一早再把兩個小的送進去，就終於可以好好休整一下。

　　晚上難得有空看了一下朋友們發來的影片，很多地方的廣場上，組織了節日主題的國潮活動，許多傳統的娛樂項目，在繁華的街頭如火如荼地展開。周圍人頭攢動，擁擠的人潮中也不乏許多身著漢服的妙齡少女，彷彿在某一個瞬間，我真的穿越千年，身臨其境了古人的上元佳節。

　　古人也是相當熱衷娛樂的，投壺、射箭、手勢令，延續至今，頗具風情。在集會上，我倒是第一次見到「藏鉤」這種遊戲，「鉤」其實就是「帶鉤」，為古代貴族和文人武士所繫腰帶的掛鉤，有「犀比」之稱。所謂藏鉤，就是將帶鉤藏於一人手中，幾人同時將手握拳伸出，讓餘者猜測帶鉤在哪隻手中。在酒席之間，猜中者免酒，猜錯者罰酒；在市集上，便是猜中者得一份小禮品，猜錯者得一份空歡喜。

　　這個遊戲的魅力之處，在於去觀察藏鉤之人的微表情和

神態，看他人或戲謔或神祕的姿態，揣測著他人細膩的想法，從這種蛛絲馬跡中去推敲和解密。雖說其中運氣的成分到底是大了些，但這種難以言說的微末之幸，也實在是容易讓人感到情緒中最本質的興奮與好奇。

　　試探是一種很玄妙的行為與思緒，想法東躲西藏，欲說還休，猶抱琵琶，讓人捉摸不定，卻愈發想要繼續深究。這是一種原始的窺探欲，人對於一知半解的東西，是抱著極大的熱情與欲望的，這與完全的未知又不同，一無所知會讓人心生恐懼，從而萌生怯意；一股腦地鋪開在陽光之下，又坦蕩得讓人覺得乏善可陳，就是在這半真半假之間，才有亦進亦退的雅趣。

　　許多遊戲都在一定程度上體現著這份含蓄的試探。遊戲到最後，都是在嬉鬧間揣測人心，人心是最難以掌握的，或者說本就是不能掌握的。所以我們設定規則，讓人心在一定的章程內遊走，然後做一個心靈捕手，妄圖捕獲真心。

　　《紅樓夢》提到過一種古人飲酒作樂時的占卜遊戲，一人先想一個事物，再想一句包含這個事物的成語、詩詞或典故，又但不能把這個成語、詩詞或典故全部念出來，而是要挑其中一個字說出來，讓對方來猜。猜中了也不能直接說出來，而是要以成語、詩詞和典故的形式表達出來，也要從中選一個字來射，這便是「射覆」。

　　初次看到這個占卜遊戲時覺得真是雅致，需得有學富五車的涵養、七步成詩的急智，還有洞察人心的情商，才能快速地鎖定目標，並以一種化用的形式表達出來，然後射覆二人還需得心照不宣地相互會意，這才算達成一次賓主盡歡的射覆之戲。

　　我也曾在兒時與好友嘗試效仿，奈何大家才疏學淺，卻是不到三個回合便難以成句了，不禁再次佩服古時文人墨客的才思與雅興。看來這附庸風雅，也是需有幾分文墨在胸才是。況且實在不如現代人直接爽利，如湘雲所言，「倒是拇戰更對我的脾氣。」

　　但射覆之趣，卻有一種「不足為外人道也」的小確幸雜糅其中。一份帶著些狡黠與俏皮的真心，若隱若現地藏在工整嚴謹的漢字語法背後。就如同現代人會熱烈地對對方喊出：「我愛你。」這般直接的告白與剖證，而宋代人會說：「驀然回首，那人卻在燈火闌珊處。」

　　這般言辭一出，既傳達了炙熱的心意，又保留了羞澀的低眉，一番小女兒姿態躍然其間，實在是妙。

　　道家有天、地、水三官的說法，天官賜福，地官赦罪，水官解厄。三官的誕生日分別是農曆的正月十五、七月十五和十月十五，這三天也就是「上元節」、「中元節」和「下元節」，如今的元宵節，便是傳承最好的上元節，也是天官賜福

的好日子。

　　古時女性的限制頗多，唯有幾個重大節日可以呼朋引伴外出遊玩，上元節便是其中一個，於是才有了那麼多浪漫悱惻的上元佳話。我很喜歡的一部經典作品《大明宮詞》中，也有太平公主在元宵之夜邂逅初戀情人薛紹的情節。

　　長安月下，燈火之中，手足無措的太平公主，哭著揭下了一個個戴著崑崙奴的面具，當最後一個面具揭開，恐怖的面具之下是一張英俊的面孔，溫柔地對她說：「公子，你認錯人了。」燈火搖曳間，煙火散落，是燭火風動，還是少女心動？

　　試探也是一種浪漫，人與人的相處就如同一場探戈，你進我退，旋轉是為了進一步的貼近，眼神的交流，拉扯間迸發出心靈的火花。

　　元宵節真好，笑語盈盈暗香去。

　　燈樹花焰兩相見，皓月明眸顧盼來。

NOTE

瑣碎的雄季

我獨昏昏

雖有智慧，不如乘勢

不困於心，方為大用

企者不立

我猶昏昏

這幾天我開始安排每日的閱讀,並且按照以往的習慣,在本子上記錄下閱讀的時間和主要的核心思想,方便日後翻查重溫。一天下來,發現大約可以閱讀完兩到三本書籍,看來自己的閱讀能力和專注力還沒有退化太多。

為了能更安心地讀書,吃一頓滿足的早餐,變成了必要之事。也不知道為什麼,好似最近和包子槓上了,似乎每日的早餐不嚼幾個包子,就總覺得缺了點什麼。工作室樓下轉角的早餐店,是一家夫妻小店,裝修很簡樸,但勝在他們家的包子皮有勁道、肉有鮮味,所以生意一直不錯,聽說開了十餘年了。

半個多月前,附近新開了一家連鎖早餐店,簇新的門面、快捷的服務和品種繁多的點心式樣,襯得原本的小店既單調乏味又有些灰頭土臉。

因為看了太多個體店鋪被連鎖店擠出市場的故事,不免有些擔心,遂在買餐點時搭話,問及生意有沒有受影響。只見老闆笑了起來,回應說:「我也沒細算過,這十年糊裡糊塗地賣包子,反正日子能往下過。估計十月之後換個品項,這口味

不能總是一成不變，到時候不賣包子了，改賣燒麥和雲吞，那才是我拿手的手藝呢！到時你來嘗嘗，包準你喜歡。」我心中一喜，跟著附和了幾句，心裡佩服老闆的樂觀和波瀾不驚。

果然是大隱隱於市，每當我用心去觀詳生活的細枝末節，都會有新的收穫和體會，一定程度上，每個人獨特的生活哲學，造就了每一個獨一無二的哲學家。

《道德經》有言：「俗人昭昭，我獨昏昏。俗人察察，我獨悶悶。」妙哉。昭昭，就是高明得很，什麼事都很靈光的樣子，一般人都想這麼高人一等。相對的，「我獨昏昏」，修道人不以為聰明才智高人一等，看起來反是平凡庸陋，毫無出奇之處。

人這一生，不必事事刨根問底，探明究竟；也無需時時庸人自擾，杞人憂天。糊塗不是愚拙，而是大智若愚的通透，萬事隨風的灑脫。

當然這種昏昏之心，並非是對待一切事物都裝糊塗，或是不在意。而是在一些必要的時刻，比如老闆娘的不與他人爭高下，不過分鑽營於自己的得失，從而獲得心靈的自由和生活的主動權。

小時候學屈原的《漁夫》，看到「舉世皆濁我獨清，眾人皆醉我獨醒」這句時，不禁為屈原鳴不平，感慨他的獨醒之殤。修道後越來越清晰，屈原的獨醒，是面對當時社會環境的

痛心疾首，是力圖改變卻無能為力而發出的帶有遺憾色彩的吶喊，不是傲氣，反而是無奈。而老子的「昏昏」，是悟得了宇宙萬事萬物道理後的大徹大悟，是旁觀人類苦苦思考的上帝視角，不是蒙昧，而是救贖。

昭昭是出發，昏昏是回歸。

這和我們每個人的自然發展路徑也是一致的。兒時我們讀書習禮，瞭解知識並明辨是非；青年時我們躊躇滿志，不忿於社會上的許多事，欲與天公試比高；年歲漸長，慢慢瞭解世界的複雜性和個體的有限性，不再執著於做一個事事精明的聰明人。

《論語》中講「五十而知天命，六十而耳順，七十而從心所欲，不踰矩。」我和一些上了年紀的人接觸下來，發現那些過得快樂自在的阿婆、阿公，都是不過於插手管兒女家事的，大有不痴不聾不作家翁的作風。

可見知天命也好，從心所欲不踰矩也罷，其智慧內在都是以昏昏之態處昭昭人間。糊塗有時比洞察難，周遭聰明人太多，一言一句互相交織在一起，久而久之，卻成了剪不斷理還亂的家務事，愛成了恨，好意成了壞心，反生隔閡。何必分辨清楚，一笑而過未嘗不可。

《濟公傳》中的主角濟公和尚，他時常弄些狗肉吃，找點燒酒喝，瘋瘋癲癲，冥頑不靈，人們都瞧他不起。但他浪蕩

糊塗嗎？他又好像清楚得很，扶危濟困，幫老助弱，事後一搖蒲扇，消失在鬧市中。別人笑我太瘋癲，我笑他人看不穿。

有時候，無需事事精明，掐尖要強，這樣不僅很累，而且常常因小失大，倒不如不拘小節，難得糊塗，往往結果可以出其不意。

畢竟生活中有許多事，並沒有勢不兩立的對錯之分。與人相處，除了原則底線問題，其他的都可以大而化之，逞口舌之快、一時之利，又有什麼好處呢？胸襟要「澹兮其若海」，像大海一樣寬闊無際，容納一切細流，容納一切塵垢，然後自己的精神思想，才能從種種拘限中超越出來。

金庸先生塑造的韋小寶，是一個非典型英雄主角，很多事情上他都是打馬虎眼，糊弄旁人，有一句經典名言：「**做人要能瞎蒙就瞎蒙，生活盡量放輕鬆。**」我特別喜歡這句話，看似戲謔，實則將真理融入在最平凡、最接地氣的生活中。當糾結於一件事的選擇是否正確時，想起這句話，就像在給自己做心理按摩，便沒那麼在意結果了，輕鬆生活，何必煩惱。

雖然每天千頭萬緒，挑戰不斷，但只要別把生活當作數學考卷，力求每一個題目的精確無誤，自然逍遙恣意。

昏昏似山風，經過不留痕。

雖有智慧，不如乘勢

　　孩子們就這麼放了暑假，每日在烈日之下，配合抓心撓肝的育兒工作，更是讓自己覺得五心煩躁，好似沒有一點清靜可尋。就連美食於我而言，忽然都沒了吸引力，就這麼木木呆呆地坐著，感覺一日漫長無比。

　　看來這炎炎盛夏，只有冰西瓜才能消渴解暑。多數情況下，都是去水果店買削好皮、切好塊的盒裝西瓜，前幾日有開著卡車來賣瓜的瓜農在附近售賣，一如兒時常見的情景，質樸又安心。

　　小時候買西瓜時，家長總愛抱起西瓜拍拍，貼近聽聽聲音，聽到清脆的咚咚聲，說明是熟瓜。再年長一些的長輩，還會問問這是頭茬瓜還是二茬瓜，因為頭茬瓜在西瓜株生長旺盛期生長發育，且在主蔓上生長，在營養元素爭奪中處於優勢，其口感遠勝於二茬瓜。

　　起初特別驚歎於這種瓜果時令不同所致的風味差別，後來發現很多蔬果都存在著類似的週期興衰，頭茬韭菜味鮮色豔，頭茬枸杞嚼起來醇香甘甜、有嚼勁，頭茬彷彿占領著得天

獨厚的優勢，集結著天地間的精華與靈氣。

　　從植物的生長發育角度，這或許是稀鬆平常的事，若是從時運的角度來看，就頗有意趣了。

　　《孟子·公孫丑上》中談到：「**雖有智慧，不如乘勢；雖有鎡基，不如待時。**」所謂時運勢頭，人這一輩子總會碰到幾次，就看我們是逆天而行還是順勢而為了。

　　易學中算生辰八字，有著流年、大運的說法，二者合稱即成了人們俗說的「命運」。常說的「行大運」，就是從哪一年開始，運勢較前有所區別。大運，是每個人都要行的，不同的只是每個人行大運的起始時間不同，大運轉換的時間也不同而已。

　　每個人都在按照自己的節奏行大運，大運本身是一個中立性質的詞語，只是具體到過程中，才會有這步大運走得好、這步走得壞之分。此外，大運和外界環境也是息息相關的，難以獨立存在。

　　《紅樓夢》裡在詠柳絮的作詩中，薛寶釵講的是：「好風憑藉力，送我上青雲。」兒時初讀時只覺得寶釵功利心重，日漸年長才明白時局機遇的重要性。縱有雄心壯志，沒有好風乘勢，也終將難上青天。

　　就如同栽種蔬菜，都是有個合適的季節範圍的，得天時下種，得地利長苗，在加之人力勤勤懇懇地修整侍弄，才能有

199

累累碩果。一旦錯過了農時，後續再怎麼窮極人力，也回天乏術了。

　　是枝裕和有一部很好看的電影《橫山家之味》，人生路上步履不停，總有那麼一點來不及，讓我時常覺得人生應該慢下來，和親友們用心相處，體味人間冷暖，治癒彼此的心靈。

　　但有時又會陷入一種迷惘的焦慮，之前有一個熱門話題「中國為什麼不流行 gap year」，似乎我們非常在乎年齡，在乎一個階段就要做該階段的事。所有事情都有花期，都和食品一樣，有著最佳賞味期，一旦過了時限，只有回收站才是最佳歸宿了。

　　是不是只有牢牢把握住每一次機遇，在每一個正確的時間點果斷出擊，才能有美好的收穫。然也？不盡然也。

　　講得透徹一點，《孟子》裡的這番話，也只是在告訴我們借助時運的重要性，個人的能力智慧固然重要，但要往巧處努力，就如同玩抽木條遊戲一樣，抽出合適的木條，才能讓塔不倒，繼續往上搭建，維持住微妙的平衡。

　　人生有很多次機會，路途從來不是一條直線，而是蜿蜒曲折的，說不定什麼時候就有了新的轉機和東風。在這種流年大運之上，普通人只要抓住一次就難能可貴，不必苛求次次中籤，東南西北風，總有順風。

　　不過這種乘勢之巧，在親子關係中倒是頗有成效。作為家

長，總有時候會覺得自己閱歷豐富，想要保護孩子少受風雨，在溝通中不免說教意味重了些，讓人心生抗拒，再真心的話也難以入心。反而順著她的喜好循循善誘，朋友般談天說地，一些事她自己便漸漸明瞭，無需多言，便可免去不少爭執。

可見大音希聲，大象無形，大智若愚，大巧若拙，實乃精闢之言。很多時候，智慧還是要從自然界中去發現和運用，從生活經歷中去體會和凝練。每當從身邊小事中悟到了一個哲思或感觸，我都會更加喜愛自己的生活，享受這平淡但豐富的一點一滴。生命的質感因為這份敏銳地捕捉更加潤澤，生活的問題在這種順勢而為中，也更加得心應手。

大鵬一日同風起，扶搖直上九萬里，所以當自己尚在平地時，也無需焦慮，等風來。

不困於心，方為大用

　　最近逛豆瓣時，發現了一個小組，叫做「無用美學」，裡面的成員分享許多生活瑣碎的照片，諸如陽光透過樹葉的光影、地上散落的枝葉、摔碎的螢幕、洗澡時的泡泡、牆角的發光垃圾、打孔機留下的藍色紙片……，每一個人都像是真正的藝術家，發掘生活中的光亮。

　　看了大家上傳的圖片，會有一種久違的寧靜與療癒，這些無用之美，把我帶去了另外一個境界，會發現世界如此之大，生活中有無限可以探索的地方，而自己所擔憂的事情其實很小，只是漫漫人生中一個小的車站，何必在車站裡停留過久，而忘記開啟接下來的旅途。在「無用美學」小組的帖子評論區裡，常常出現這樣的評論：「我也想要做一個跟這些東西一樣無用的人」、「我也想像圖裡的廢料一樣」，和這個目標明確、馬不停蹄的時代，似乎有一種脫節。

　　這幾年，我發覺極簡主義風格盛行，秉承著「斷捨離」的理念，對生活的各個方面進行減法，衣服有膠囊衣櫥，冬天六件、夏天八件，黑、白、灰為主，用彩色飾品的跳脫，來做

搭配中的亮點。物盡其用，提高效率，不把時間精力花費在服飾這般膚淺的地方，從而更高效地面對學習和事業。

乍聽來十分有道理，細細品味卻不是那般滋味。這個想法從一開始就把審美需求束之高閣，似乎追求無用的美麗，只會成為實現人生終極理想的拖累，沉湎其中，是一種無法脫離低級物欲的懦弱表現，難堪大任。

其實物欲本就是人的正常欲望之一，不需要刻意放大，也無需刻意縮小，而是基於自己當下的心情與進程來進行適當的調節，凡事被刻意打上標籤都是不妥的，一個人哪怕擁有很多，但是他不被這些物資所困於心，那就沒有什麼問題。反之，一個人如果擁有的很少，但是卻對很多東西都割捨不下，心心念念或者愛不釋手，那就是被物質所困的狀態。「不困於心」才是最好的衡量準則，即便擁有再多也能做到放下、割捨，這才是上層的心態。而不該以有多少物質本身來評判這件事，更甚至來評判一個人，這都顯得過於偏頗和量化了。

在這世上，常常出現一個物品、一件事情，沒有可被量化的價值時，就成了被人嗤笑的無用。有用和無用，是有一套非常成熟的社會評價體系的，基本可以歸結為是否成為生產力的增量，除此之外就是無用。

同樣是喜歡拍照，攝影師以此為生就是大有作為，愛好者為此花費不菲就是玩物喪志，做無用功。好像只要所做的事

情於名利之事沒有幫助就是浪費，這種涇渭分明的判定，讓多少人為此終日奔波，陷於痛苦。

這也是為什麼豆瓣的無用美學小組，會給那麼多人帶來慰藉和治癒。在世俗意義上，美學大概就是典型的「無用之學」，但我們於日用必需的東西以外，必須還有一點無用的遊戲與享樂，生活才覺得有意思。希望在被生活裹挾之餘，還能夠保持一份浪漫、自由和詩意。

詩不只在遠方，眼前也不只有苟且，因為「苟且」時心中尚存的不甘，就是你眼前的第一行詩。

我們擁有的一些無用的瞬間，就是我們全身心感知這個世界的時刻，這個時刻是渾然天成的，蘊含著一種非凡的智慧，真正的美。

莊子在《人間世》中談論處世之道：「山木自寇也，膏火自煎也。桂可食，故伐之；漆可用，故割之。人皆知有用之用，而莫知無用之用也。」

山中的林木因為不是良木，反而能夠保全，長成參天大樹，可見無用之用，有時反而能成大用。讀一些無用的書，做一些無用的事，花一些無用的時間，都是為了在一切已知之外，保留一個超越自己的機會，人生中一些很了不起的變化，就是來自這種時刻。

就如同《明朝那些事兒》的作者石悅，從小就喜歡讀歷

史，花費了許多時間在《二十四史》、《資治通鑑》上，這和他的工作也是並不相干。最開始更新文章也是興趣所致，並未想到後來的受歡迎與回報，無心插柳，柳樹成蔭。在人的一生，有些細微無用之事，本身毫無意義可言，卻具有極大的重要性。時過境遷之後，回顧其因果關係，卻發現影響之大，殊可驚人。

老莊哲學總是帶著一種十分善意的凝視在端詳這個世界，萬事萬物似有定數，但面對意料之外，也總是泰然處之，永遠只在不斷追問和聽從自己內心的聲音。

年長後，我越來越重視自己內心的感受，也更加能平衡內心和社會要求的兩極。接受也允許自己享受一些無用的時刻，喚醒自己最原始、最純粹的感知力，去發現日常生活中被忽略、輕視的角落，這些體驗讓看似平凡的每一天都有新的活力。

我很喜歡王小波的一句話：「我來這個世界，不是為了繁衍後代。而是來看，花怎麼開，水怎麼流，太陽怎麼升起，夕陽何時落下。我活在世上，無非想要明白些道理，遇見些有趣的事。生命是一場偶然，我在其中尋找因果。」

無論是做一個「有用」或「無用」之人都無妨，重要的是「不困於心」方為上層，若能如此，則可頗無罣礙地來這世上做一番遊歷觀賞。

企者不立

　　一日，實在寫稿無感，便去了工作室旁的商場喝杯咖啡。一杯拿鐵下肚，再配上一個香噴噴的可頌，心滿意足地在商場閒逛一番。五樓有一家藝術實驗室，專營各類小畫和簡單手工的 DIY，幾十塊錢便可擁有一幅自己操刀的畫作。

　　店主笑盈盈地把我往裡迎，我雖然沒什麼繪畫基礎，卻也喜歡嘗試，便選了一幅落日風景畫開始臨摹。

　　「先用鉛筆打出線稿，然後再塗上天空和山脈的顏色，其他細節最後再畫。」所需的丙烯顏料被依次擠到調色板上，店主拿起畫筆，教了下色彩調和的方式，溫溫柔柔地說：「你想畫什麼顏色就調出來，不用和樣稿一樣。」

　　畫布只有巴掌大小，我卻細細雕琢了許久，樣稿中色彩的暈染，我始終無法達到，最終成了幅滿是稚嫩筆法的小畫。店主倒是鼓勵我：「第一次畫，已經很有感覺了，有興趣可以來學習一下，我們這邊可以從基礎教起。」我頷首不語，心下想著，繪畫果真不是一朝一夕之功，索性自己只是體驗，沒抱著什麼天賦異稟的期待。

帶回家中放在配套的展示架上，竟頗具意趣。興致所至，上網搜索了許多丙烯畫教學，發現門道頗多，入門雖易，精進卻難。遂放下自學這一愛好的念頭，還是把有限的精力放在自己目前鑽營的領域，日日豐盈吧！

學習任何事物，都有一個從易至難的過程，許多內容入門是極便捷的，輕易便吊起人的興趣，滿懷熱忱的勇往。越走越發現道路坎坷，充盈著許多晦澀的名詞和枯燥的技能練習，堅持走過這段泥濘，才會稍見曙光，有著大放異彩的能力和機會。

《道德經》曰：「企者不立，跨者不行。」踮起腳尖站著，是站不久的；大跨步向前走，也是走不遠的。

用俗話來講，就是「一口吃不了個大胖子」。兒時我外婆很愛講這句話，每每大家在閒聊哪位鄰家的孩子學習成績不好時，外婆都會很從容地講，不要急，小孩子學習有個過程，誰都不能一口吃成個大胖子。小時候我很喜歡聽這句話，許是自己想像力太過豐富，覺得十分生動形象，彷彿真的有一個人肚子鼓鼓的，彷彿充了氣一般，搖搖晃晃，風一吹，他就不受控制地飛上去天了。

後來讀的書多了，發現這樣的俚語智慧，早就藏在了多年的文化血脈中。《格言聯璧》中有一句話，可作為老子這一觀點的注解：「有才而性緩，定屬大才。有智而氣和，斯為大

智。」性情舒緩的有才之人，才能不慌不忙地繼續展露才華，心平氣和的有智之人，才能不驕不躁地繼續發揮才智。

穩紮穩打地走好每一步，才走得長遠。當下有些事情雖然很不如意，但是以一種溫和的、演變的、漸進的方式去改變，才更利於多數人。如果猛地推倒重來，怕是會摔得更狠。就如史書之中記載的歷朝歷代權力更替一般，腥風血雨的洗牌，以「殺一人而換天下」的想法去行事，怕是過於天真了，這個背後牽扯的，又豈是表面寥寥，真正受災難的是普通的民眾。

我們在訂目標的時候，常說要制訂一個「跳一跳才能搆得著」的目標，一伸手就摸得著，沒什麼挑戰性。而企者不立，是說我們要想站得穩，就不能踮起腳尖。但這個「企」是企圖心的企，更多的是一種不切實際的企圖心，誇大其詞，虛張聲勢。

這或許就是妄念和理想的區別吧！是否具有可執行性，是否可以在時間的累積中變得越來越具象，踮起腳尖站不久，所以才更需要目標的合理性和可實現性。

一切光彩照人的綻放，都需要積蓄已久的沉澱。我有一段時間喜歡網購鮮花，長時間的物流運輸，導致到手的鮮花無精打采，需得連同葉子一起泡進桶中，讓鮮花的莖葉喝飽水分，才能從缺水狀態緩和過來。這個過程叫「深水醒花」，一般需要 4 到 8 個小時。醒完後的鮮花莖葉挺拔、花瓣潤嫩，全然

一副蓬勃的朝氣。這個時候往往會充滿著成就感，一個很簡單的操作，僅僅是需要時間的等待，便可以給予鮮花完全不同的生命狀態。如果一拿到手就急匆匆地修枝剪葉、插花擺瓶，鮮切花則很難明媚地開放一週，很快便枯萎了。

欲速則不達，人也有自己的醒花期，我們一般稱之為「蟄伏」。在一段時間內修煉自己，而不是急切地逼迫自己在短期內快速成長，後勁往往更大，後續也會更加穩妥和持久。這個蟄伏的過程不太引人注目，某種程度上是需要一些對抗寂寞，對抗自我懈怠的堅忍，是一種十分內化而緩慢的修行。

就如同我畫的那幅稚嫩的丙烯畫，也是從打線稿開始，色彩層層疊加，才有這最後不甚完美、但卻是較為完整的一幅畫。這個繪畫是一個循序漸進，從無到有的過程，技藝的提升也是一個循序漸進，不斷完善的過程。

慢則生慧，緩步而行。

講故事的人

我想把故事講給你聽

前世美好易碎，不如來世各自長安

愛是人間樣樣鮮妍，是人間有他

寫在孟婆系列大陸出版之際

謹以此書送給我親愛的父親

我想把故事講給你聽

　　有人問我，作為一個修行之人，為什麼要去寫故事？每次聽到類似的問題，我都笑著說：「我們都是修行的人，都在這紅塵煉心，我寫故事也愛聽故事，若是你有有意思的故事，也不要吝嗇分享。」

　　作為一個修行的人，不去布道，而要透過某種迂迴的方式來講述一件事，其實恰恰是出於我的一種本心。一個人的修行，不是到了遠方就能抵達的，這個過程是一個迂迴的過程；一個人的修行，也不是一下子就能達到的，而是要透過很漫長的方式，才能有一點點進益。

　　寫故事這件事和修行一樣，一個人想要接引其他人入門的時候，如果秉持慈悲心，會按照別人能接受的方式讓別人呈現。另一方面，會在恰好的時機提醒每一個人，修道的核心在於過程，當一個人告訴別人他得道了，其實這是一種幻象。因為得道不是一瞬間的事情，瞬間得到的東西是開悟，這只是一個節點，隨後還有漫長的路要走。

　　就像寫故事一樣，我們看到的，是故事之中精彩的過程，

如果別人直接把結果告訴你，沒有路上的那些情緒的鋪墊，你還是沒有那種滿足感。路上我們所獲得的東西，遠遠比最後的結果更重要，雖然結果是最終的指引，但是那只是一個終點，很快就過去了，或者說，它會成為下一段旅程的起點。我們在這個過程之中，看到了我們想要的東西。

寫作的過程就是展示修道的過程，也是最終得到這些東西的過程。它是示現，不打算直接講道理，這本身就是最深刻的道理。讓其他有這種思考的人，看到我在完成一件事的艱難和不易，從而認識到這個世界的真相，這是修行之中真正意義上的「身體力行」。

這個過程能修煉自己的內心，同時還不像直接講述大道理那樣讓人反感。因為一個人直接給另外一個人講述大道理，不管道理對不對，都是一種訓示的姿態。而講故事給另一個人聽，是把他當成朋友，去開悟他，引發他自己的見解與思考。

同時，大多數平常人的修煉都很短暫，看了一本好書、一部好電影，在過程之中反思自己。但是看完了，放下了，回到自己的生活裡，還是沒有什麼改變。寫的過程是創造，比閱讀和觀賞要快得多。真正的修行要堅持很長的時間，就像一時的情緒不是情緒模式，比如一個人突然發脾氣，過一會兒又開懷大笑，一時的情緒改變了，情緒模式沒有改變。

「喜怒無常」就是情緒模式，一次的喜與怒都不難改變，

但喜怒無常難以改變。「滿嘴跑火車」就是行為模式，一個人可以這次不跑火車，是一時的行為改變了，但回頭又跑火車了，是行為模式沒有改變。

　　就像看書、看電影的人在看的過程之中覺得很快樂，但事實上真正做這件事的人很痛苦，只是做的時候，能從這種痛苦之中找到一點快樂。這樣對人帶來的改變，才是深刻真實的，就像用行動布道，才能更打動人一樣。

　　講故事，是對自己認知的回顧，並把這些領悟用更加能被人接受的方式講述出來，這就是破除貢高我慢、認知比普通人更強的執念，持續的時間越久，對修行的領悟也就越深。因為這個過程是痛苦的、孤獨的，常常需要我苦中作樂。

　　這件事和世界上其他改變自己的事情一樣，都是漫長的過程，不可能立即見效。但是這件事，充分表達了我自己，又帶給別人快樂。

　　這種行為，就是最基礎的修行，它既符合塵世的基本規律，又能充分表達自我，這是一種雙向的快樂。完全不快樂的事情，是必然不能持久的，靠堅持，靠苦練，完全不能培養出良好的行為模式。只有在苦中找到了樂的那個點，越來越準確、迅速、牢牢地把握住它，才能越來越擅長靠良好的情緒引導出良好的行為，並在持續的練習中，發展出良好的行為模式，落腳到良好的認知系統上去鞏固它。

　　這兩年我寫了許多故事，薄有微績，但是修行本身，其實沒有止歇的時候，現在所有做的一切，僅僅是個開頭而已。正如《西遊記》表面上講述著一個取經的故事，但是內在卻是一個修道與修行的故事，書中所設計的九九八十一難，皆是道家練功修行的必要之路，若是有興趣的朋友，可以去看看劉一明的《西遊原旨》，看看在道家之中，如何看待這場取經之路，如何才是功德圓滿。

　　故事到這裡是可以結束，但是修行到這裡結束，卻是退行。生活是漫長而瑣碎的，在生活之中，一個人即使曾經短暫如煙花般剎那的悟道，依然要如履薄冰、如臨深淵，持續精進。未來，我會一直行在路上，把我的理解與感受，哪怕是那麼的粗淺和平白無奇，也會變成一個個故事，講給我的朋友們聽。

　　紅塵煉心，每個人都在各自修行的路上前行⋯⋯

前世美好易碎，不如來世各自長安

　　這屆孟婆桑黛雖然姿容絕色、禮數周全，但平日只穿素白絲織長裙，待人也十分客氣疏離，只有額間那一粒朱砂，才給清冷的臉平添些許生動顏色。

　　她仿若高處枝頭的玉蘭，花心向著清風明月，蜂蝶難及，從不取悅於觀花人。可觀其形，可聞其香，卻絕難攀折。個性雖倔又冷，但桑黛盡職恪守，在忘川河畔已經當值約莫八十年，迎來送往的鬼魂數不勝數，但每一位她都記得。

　　而這一天，一位老婦想與她交易，她寧願灰飛煙滅，無法再投胎轉世，也要找到她曾賣掉的女兒桃汐，了卻心中之大憾。不然，她寧願淪落忘川，也不會飲盡孟婆湯。

　　桑黛應了。

　　尋女路途遙遙，桑黛在野林裡被一把浸在溪流裡的彎刀所傷，卻發現這把彎刀是帝王姜演的佩刀。帝王姜演就是她的

216

祖父，她的母親則是他的掌上明珠和音公主。但國破王寂後，桑黛也成了母親手中一個隨時可以拋棄的傀儡，而這把彎刀同時也不知所蹤。

卻沒想會在這裡遇見。

原來這處野林為姜氏前朝戰場，當時作為部落聯盟首領的茂陵劉郎成染以少勝多，將河洛君王大敗於此。

桑黛和錢婆尋到九皇子府，九皇子韞玉心中恩慈，替他們尋找桃汐，找至禁止踏足的皇家花園。誰知這處連九皇子都禁止踏足的花園，竟然就是桑黛的家——武陵王府！

桑黛覺得一切都頗為荒唐，更為荒唐的是，尋找到的桃汐，眉眼恍然間竟有三分熟悉。

當年國破家亡，高貴的和音公主被迫投降，為了保存百姓和大好河山，只能下嫁給敵國鏢騎大將軍只會紙上談兵的長子。

和音也曾想過自己會嫁怎樣的好兒郎，偏偏命運捉弄，她的丈夫整日喜歡美食、美女、美酒，懦弱又無能，向來心比天高的和音，便把這當成是巨大的恥辱，更把桑黛這個流著敵國人血的孩子，當作自己永遠抹去不掉的汙點。

都說桑黛冷清，桑黛卻知道，比自己更冷清的是她的母親，在她的記憶裡，母親從未對她笑過。

在和音支配下的桑黛，卻機緣巧合地和成染情投意合，

這個讓他們家破人亡的凶手。

　　桑黛第一次愛上人，她不管不顧，一心想嫁給心愛的人，哪怕被說是禍國殃民，想要傾覆江山的狐媚也不惜。

　　和音自然不許，卻逼迫於權力，只能將桑黛嫁給成染。

　　桑黛以為自己擺脫了寂寞，尋到真愛，擁有了全世界，可曾想一切都是虛妄，一段被安排的孽緣，一段原本不該有的開始，一場關於愛恨的糾纏，難道有愛就能解決、就能化解、就能美滿了嗎？世事錯綜複雜，對錯從來都是相對而言，生活不是童話，他們不過是命運的犧牲品。

　　桑黛從未想母親從未有一刻放下過血海深仇，放下過復仇，母親精心安排與自己的姐妹鷺川在身邊當棋子，讓鷺川給桑黛送避子湯，讓鷺川步步靠近太子，再給他下毒，企圖東山再起。而成染為了獲取她和母親的書信來往，在她身邊安插的眼線竟然比母親更多。成染一面愛她至深，又一面始終懷疑她。

　　可悲又可憐的桑黛，在兵敗的母親和成染對峙的過程中，她知道了所有的真相。

　　桑黛恨母親，卻又同情母親；她愛成染，卻又恨成染為何要走入她的生活，偷走了她的心，卻又將一顆心壓碎。

　　在悲傷中，桑黛翩躚如蝴蝶，從城牆上跳落，彼時，她已經懷有和成染的骨肉。

　　那一刻，成染悔不當初。想當年，他騎馬而來，見過木槿樹下的桑黛就一眼淪陷，後來，成染帶著桑黛翻牆出去，帶她策馬狂奔，帶她走街串巷，帶她看日暮煙花，帶她看聽說書傳奇……

　　明知對方身分特殊，明知其中利害關係，成染還是偏向虎山行。婚後，他們兩人也曾好過，琴瑟和鳴、月下賞花、案上對弈、溪上摘蓮、溫酒煮茶、折腰舞跳盡、驚鴻曲吹遍……

　　可是一切美好都在此刻支離破碎，他看著他的妻兒死在自己的眼前，卻連呼喊都來不及。

　　成染從此雲遊四方，更是去了霧山居找尋六如道長，只為了求得尋魂之術，用於只為尋到桑黛的魂魄。再然後，他回到武陵王府，把自己關在那裡，在那裡，他彷彿還能看見曾經對他一顰一笑的桑黛。

　　而在那個大雪天，從未亮過的玉佩竟亮起了光彩，成染便救下了暈倒在雪地裡的桃汐。

　　一念惡，一念善，不曾想桃汐竟是隨著桑黛當年死去卻又被魯道長救活的女兒。

　　當年桑黛死後，始終在忘川河畔徘徊，不願去投胎，便在冥界做了孟婆，她送走所有熟悉的面孔，唯一沒有等到成染。

　　因為成染還活著。他吞了蛇丹，哪怕已經一百二十歲，依然容顏未改身形未變，不過因為心中有執念，縱然是天之驕

子、帝王之才，卻囚於內心，無法掙脫。

直到再見到桑黛的那一刻，成染才覺得自己解脫了，不再執念成心魔了，而在原諒成染的那一刻，桑黛才覺得自己放下悔恨了。

心魔已消，他們總算可以輕鬆上路了。

他們一個許願來世策馬草原，縱情做自己，一個許願來世戎馬逍遙，仗劍天涯，好不逍遙，不好痛快。

如果上世不能活得自由美好，不如來世各自長安。

愛是人間樣樣鮮妍，是人間有他

世上分三界，冥界有冥帝，有判官，有黑白無常、牛頭馬面，他們各盡其長、各懲其惡、各報其功，孟婆明明是位女鬼差，卻姿態翩翩，毫不遜色。

黃泉路上無老少，奈何橋上骨肉分，這屆孟婆已經在奈何橋畔當值，為鬼魂提供孟婆湯，也等待一位主動和她交易的鬼魂，以棄永生，圓生時願。只有這樣，她才能攢足福報，脫胎換骨，獲得好人生，而和她交易的鬼魂，則灰飛煙滅，無法投胎轉世。

地獄岩漿，四處橫流，眾鬼哀怨，悲鳴不止，黑霧沉沉，不見邊際，孟婆在奈何橋畔等了一年又一年，河畔的曼珠沙華開了又滅，覆開覆滅，卻始終沒有等來她想等的那個人。

直到將軍蕭岩出現。

將軍氣宇軒昂，又有驚天緯地之才，卻因為軍中奸細戰

死沙場，他志向未滿，死不甘心，雖已為鬼，但熱血不涼，他不求好報，只求以一年時日，替他排兵布陣，凱旋歸朝。

　　奈何橋上渡人不難，渡有執念的人才難。

　　她應了，逶迤的故事從此緩緩展開。

　　他們兩人終於在昏暗的縫隙中相逢，卻彼此救贖，對望相憐。他們朝夕相處，談及舊事舊人，一起賞花觀月，一起燈下部署兵法，一起用計擊退敵軍，一起設局揪出內奸，他們無話不談，彼此分享紅薯和反反覆覆的夢境，不知不覺之間，她變了。她不再冷漠無情，而變得會顰會笑，會嗔會惱。

　　或許，孟婆本來也是有的，但是黃泉多寂寞，伴隨她的，只有一個隱隱約約的夢境，和朦朦朧朧的殘缺夢境。夢裡，她看見了個著紅衣的女將軍，名叫渥丹，她揮舞著紅纓槍姿態英氣，還和翩翩少年郎賽奎說曖昧話，哪怕他不小心偷看了戰略布局圖也無妨。春日融融，一片靜美，可夢一醒，就只剩下滿眼灼灼的曼珠沙華，在幽幽而漫長的時間裡，她只覺身在囚籠，心早就涼透。

　　可是如今，她又活過來了。

　　人間什麼都好，人間有山川四季、風雨雷電、蟲魚鳥獸、亭臺樓閣、琵琶美酒……數不勝數，樣樣鮮妍，言不可盡，最重要的是，人間有他——蕭岩。

　　只可惜，蕭岩一心一意地愛著他青梅竹馬的未婚妻柳嫣，

222

兩家比鄰而居，兩家後花園只隔了一道院牆，每日清晨他都能透過這道院牆，聽到她讀書、練武的聲音。再長大一點，他就會爬上牆，偷偷看對家姑娘，柳嫣也是知的，於是她的笑，比從前更多。在蕭岩眼裡，她比花園裡清晨帶露珠的牡丹還要鮮美，她喜歡什麼，他就喜歡什麼。孟婆輕微羨慕，卻從不嫉妒，但依舊陪在蕭岩身邊，無怨無悔。

在對敵過程中，嚴冬大雪不止，人人皆知要兵馬未動糧草先行，可他們糧草缺失，後方補給未到，兩人率兵尋找糧草，卻找到亡國璃國遺址。

孟婆在夢境中看清了，渥丹是璃國大將軍之女，琉國皇上狼子野心，假意讓兩國大將軍子女天作之合，真意趁機揮兵蠶食璃國國土。

賽奎被人面獸心的皇上瞞住，還想歡天喜地地去迎親，娶他最心愛的渥丹為妻，從此朝朝暮暮，恩恩愛愛。未想到皇上驟然翻臉，如果賽奎一日不掛帥出兵，他就斬殺他府中一人，賽奎眼睜睜看著皇上惡行，但還苦苦堅持。直到皇上斬殺了他的老管家，賽奎記得，從他兒時起，他就常常坐在他的肩頭，他帶著他看樹上的花，帶著他夜半去看蟬兒怎麼退殼，帶著他在河裡游水撈泥螺……這是老管家，也是他父親砥柱而眠的親兵，賽奎明白如果自己再不行動，那麼下一個，刀將向父親揮下。

223

賽奎忍住淚和痛，偷偷叮囑渥丹快逃，他管不了那麼多了，他只想渥丹能活著，他只想她能繼續活著，只要她還活著，就比什麼都好。

　　可渥丹毅然脫下嫁衣，拿起紅纓槍衝鋒陷陣。渥丹心裡也是有賽奎的，可是她心裡更有璃國萬千百姓，她是璃國大將軍之女，從小習武，巾幗不讓鬚眉，哪怕她要死，也必須站著死在戰場。

　　戰場上殺敵不難，殺相愛的人才難，昔日情侶在戰場上兵戎相見，琉國因賽奎而擁有了璃國的戰略布局圖，一路勢如破竹，而璃國逢戰必敗，山河破碎。

　　國破，家亡。

　　渥丹眼睜睜地看著琉國大軍兵臨城下，胯著駿馬前去迎戰，在寡不敵眾，在戰死的那一刻，渥丹忽然覺得璃國的滅亡皆因她而起，如果不是她和賽奎相戀，也不會讓琉國動了歪心思。如果當初賽奎在看戰略布局圖時，她有及時阻止，也不會有今日局面，她錚錚氣節的父親，不會為了自證清白而自刎於軍前，也不會讓璃國百姓都為國殉葬，如果沒有自己，那該多好。

　　渥丹因被最愛之人背叛，身負國仇家恨，怨念太深，身心皆悲苦，她不願入輪迴，而在忘川河畔噴出一口心頭血，而這口心頭血寄託著它的一縷魂，重新投胎，卻成了柳家小姐

柳嫣。

　　而丟了一縷魂的孟婆也丟了記憶，被冥帝收留在冥界，成了奈何橋畔的一屆孟婆，一徘徊便是數百年。

　　賽奎雖勝猶敗，他獨自留在死寂的空城，一言不發地清理城池中的屍體，把屍體擺放平整，用清水為他們洗去臉上的血汙，渴了就隨意喝口井水，餓了就在空城中翻找早已餿掉的饅頭，累了就與那些屍體睡在一起，日以繼夜地重複著。不過半月，他就染上重病，精疲力竭地死在一座沒有姓氏的土墳前。臨終時，賽奎兩行眼淚奪目而出，他嘴裡喃喃自語說：「渥丹，我錯了，我來找你了。」

　　賽奎痴情於渥丹，以至於哪怕投胎轉世，也依舊呆在渥丹的轉世身邊，成了蕭岩，他們依舊青梅竹馬，依舊兩小無猜，如果上一世不能在一起，這一世能在一起也是好的。

　　只是可惜，終不遂人願，蕭岩死在本該建功立業的好年紀。

　　千百年來的修羅場，也是無數的英雄塚，在戰場上，那裡可以揮灑熱血，那裡也可以不由生死。

　　古來征戰幾人回。

　　蕭岩認命，卻不甘心，他寧願魂魄灰飛煙滅，再也無法投胎，也求用一年之期換得凱旋而歸，再給柳嫣找個好人家，這樣他才能安心。

忘川河水，殘魂沉魄數不勝數，而慶幸他執念至深，孟婆的三魂七魄才得以補全，他們的故事才終於得到完整，孟婆才能放下愛恨情仇，與自己和解，補全魂魄，重新投胎，轉世為人。

渥丹是她，柳嬤是她，孟婆也是她。

賽奎是他，蕭岩也是他。

白雲蒼狗，滄海桑田，生死輪迴，萬物有變，唯有愛意永恆。

愛是輪迴，愛也是不悔。

寫在孟婆系列大陸出版之際

　　《孟婆》系列，可能不是我寫得最好的小說，但是絕對是我花心血最多的小說。這個系列，承載著我對道家思想的理解，也表達了我對這個鮮活的世界的思考和喜愛。

　　在故事裡，我重新塑造了孟婆的形象，把每一代的孟婆都寫成了被執念糾纏的女子，透過冥帝和墨的引導，紓解自己的心結，化解了自己的執念，最終獲得了她們應有的喜樂安寧。

　　寫這個系列的故事時，我時常會思考生和死之間的關係。對於修行的人來說，生命是一段短暫的歷程，在這段歷程裡，我想盡可能地觀察這個世界、體悟這個世界、愛這個世界。

　　我寫的孟婆，都有著鮮活的生命力。正是因為渥丹、桑黛這些人都有著鮮活的生命力，所以她們才會被自己生前的執念所困，化作奈何橋邊的孟婆。當然，這中間也有些許的憂傷——她們為很多人迎來送往，卻獨獨不能自渡。

　　我這樣設計，是因為這個世界上大多數人的修行，本質上都是為了戰勝自己。我想用孟婆的故事讓人們看見，一個人是如何透過種種經歷，打開自己的心結，和自己和解，又是如

何原諒這個世界對自己的傷害。

　　這個世界上，很多人都被過去的心結所束縛，因為一些經歷，我們認識到這一點，所以當再次面對曾經的陰暗面，有的人能從中走出來，但是有的人卻仍然被困在過去的執念之中，不能放過自己。

　　我寫勇敢的渥丹、溫柔的桑黛、大愛的沅宸、複雜的墨舞、善良的南葵，是希望讀者知道，勇敢又善良的人，才能送別過去那個怯懦畏縮的自己，轉身擁抱被過去打磨之後的現在，和未來的自己。

　　就像我曾經看過的那句話一樣——每個人都渴望生活在別處，每個人都渴望異樣的風景，但是最好的做法恰恰是——活在當下，解開現在的因果，用純粹的自我去擁抱這個世界。

　　生與死之間的邊界，象徵著永恆的對抗。生前的種種，像是我們流連的精神家園，我們抗拒著新的開始，但是本質上，我們更渴望的其實是家所代表的那份安全感和歸屬感。而轉世輪迴，開啟新的人生，則是面對未知的恐懼。

　　一個人越缺少什麼，就越容易對其產生執念。

　　每一代的孟婆，心中都有自己的缺失、自己的遺憾，這也是為什麼她們會成為孟婆的緣由。在陰陽界的孟婆，手持孟婆湯在開滿了曼珠沙華的忘川彼岸，等待著新的輪迴。隨著這些孟婆開解自己的心結的同時，我也在成長、回憶過去，與過

去自己的執念、那個不好的自己和解。

透過筆下的孟婆，我明白了一件事，智慧應該是身體力行的，能量不僅存在於書本，還要存在於自身。

死生之辯，就像黑暗與光明，本就是一體兩面。雖然渥丹、桑黛她們有執念，但是透過她們的選擇，她們知道了自己應該堅持什麼，應該堅守什麼。那就是——即使一個人能從過去的經歷和人事關係之中得到愉悅與安慰，但是它可以一直保持一種安逸泰定的狀態嗎？

智慧與真理，應該讓我們變得比以前更好，更溫和，更善良。孰知不言之辯，不道之道？若有能知，此之謂天府。注焉而不滿，酌焉而不竭，而不知其所由來，此之謂葆光。

我寫孟婆系列，想要表達其中一個點就是：一個人的信念是「自己知道自己是什麼樣的人，未來的路將通往何方」，而不是執念於形態和一時一地的得失。那樣，永遠也無法超脫。

道家的清靜無為，正是將這些實踐在自己的生命裡，而不是僅僅在書本上做功夫。解開因果的行動，可以讓我筆下的孟婆，以一個旁觀者的姿態回溯自己的過去，讓她們心懷敬畏的體悟到生命真正價值，讓她們能甘願領受輪迴，獲得內在的安定、自在，同時通透智慧擁有力量。

天機就在敬、在定之中，但這並不是一件容易的事情。和墨對孟婆的引導，就像在孟婆心中點著一盞燈。但是，因為

孟婆先去接受了光明，這盞燈才能照亮她，再透過她照亮自己身邊的人。對我們而言，也是如此。我們接受光明的存在，因為光明認識到了世界，同樣，因為光明的存在，我們也意識到了投射在自己內心之中的陰影。

我們像忘川彼岸的孟婆一樣，和自己的過去達成和解。就像多數人都渴望永生，但是永生的前提其實是輪迴，我們告別了過去，才能開啟下一段旅程，就像從繁鬧的白天回到黑夜，卻會發現寂靜如此悠遠，它比聲音可以訴說更多的東西。

正如每夜你閉上眼睛，心懷期待的等著下一輪太陽的初升，期待一個全新的一天開啟。雖然你也無法保證你的此次睡下，能否能順利迎來第二天清晨的睜眼。

我想透過孟婆的「行」告訴大家，很多人一生的都在學習如何與自己和解，如何與世界和解，我們該如何看見黑暗，又該如何從黑暗之中，尋找我們內在的光明。

知其死，守其生，為天下式。向死而生。

忘川河畔翹首的孟婆，花開花落，歲歲年年，過往與未來俱在剎那間，完成了她的人生輪迴，等待下一任孟婆到來……

《開元霓裳樓》作者後記
——謹以此書送給我親愛的父親

　　千百家似圍棋局，十二街如種菜畦。

　　白居易詩中的唐長安城是這般恢弘、壯闊，一百零八坊既是文明的彰顯，又向後世傳承了唐朝的盛世繁榮。想來，這一百零八坊是一種寓意吉祥的泛指，一百零八為三十六和七十二之和，代表著「至高」、「大吉」與「完美」，在道教之中，三十六天罡、七十二地煞，是常用的吉數。古人這般浪漫唯美，又有誰人不曾憧憬過盛唐風姿呢？

　　打算寫這本書的初衷，是因在我年少時，父親一直陪我聽各類武俠小說的評書，所以早早的在我心中埋下了一顆武俠的種子。父親在我的成長歷程中，給予了許多溫暖與呵護，他時常鼓勵我、讚美我、支持我，令我一直生活在滿滿的幸福感之中。直到現在，每週末和父親、母親相見的時光，總是讓我倍感溫馨，似乎又回到小女生時代，總是可以向他們耍賴撒嬌的姿態。

前年有一陣子，我看見父親於家中總是從手機上聽各種武俠書，那一刻，我突發奇想——索性由我來寫一本武俠小說送給父親吧！

　　於是就提筆來寫，寫著寫著，逐漸有點偏離了原本的武俠設定，好像並不算是一個真正的武俠故事，雖然裡面的主要群體是遊俠組織。

　　而這本書的背景時代選擇在「開元」，是因為我一直對盛唐時期有著深厚的嚮往，那是中華歷史中極為鼎盛繁榮的時代，不僅有國泰民安的富強，還有舉世矚目的風采，詩人們心中對長安同樣也有說不清的愛。

　　之前朋友曾問過：「如果可以穿越回古代的話，你最想去哪裡呢？」我毫不猶豫的回答了「盛唐」，因為那種民族融合、多元文化交流令人好奇又神往。而那一山一水、一草一木，平康坊內的鶯歌燕舞，懷遠坊內的道觀煙柳，少女柔情、書生筆墨、俠客不羈、貴族多姿……這些都被載入篇章，濃墨數筆，流傳後世。

　　只是，我能否將平日腦海裡的一些片段式畫面轉化成連貫的橋段，則成了心中的難題。為此，我也付出了大量的時間與努力。正因為我很熱愛盛唐的滿目繁華，才想把其中景色，透過自己的文字呈現給大家。

　　當時和三位閨蜜們聊起過自己的這個想法，她們都十分

支持。特別是璿璿，我的每個章節一寫完，就會請她先看，她每次都能給我一些好的建議和意見，這對我的幫助很大。還有一位遠在新加坡的閨蜜陽陽，和一位整日加班忙到暈天黑地，卻總說會認真看稿的成成。

在寫作的過程之中，我也會有諸多的擔心，擔心我「稍有不慎」，就破壞了古人的真實，畢竟後人所寫的故事不等同於架空，想要保留歷史色彩也絕非易事，又擔心自己的邏輯不能一致，裡面鋪設的坑沒有及時填上，又擔心內容上出現「BUG」。總之，這本書從 2021 年底開始籌畫，到 2022 年初開始動筆，在一邊創作時，一邊度過了「全民渡劫」的 2022 年。

書中的主角之一是一名金吾衛，而另外幾位主角則是霓裳樓的四位姑娘，這些角色在我的故事裡，並非是「漫威宇宙」中的世界英雄，他們都只是平凡的普通人，以至於被陷害也無能為力。這很像是如今初出社會的年輕人，身處花花世界，一腔熱血，卻總是被環境、人為等外界因素所阻撓。

我的孩子們在看了我的作品後說：「媽媽，為什麼你作品裡的主角光環都是稀碎的，完全不像別的小說裡那麼強大、逆襲？」

我笑笑回答他們：「因為媽媽小說中的主角，都是真實的血肉之身，生活之中並沒有那麼多倖存者偏差，絕大部分的

人生都是不完美與遺憾並行，小滿就是極好的狀態了。」

　　生活中的你、我、他，正如這本小說中的角色們，他們有血有肉、尊天敬地、互幫互助，配合、陪伴著彼此解決了無數的難題，同時又在盛世之中，享受著特定時期帶來的特定榮耀，固然是值得被羨慕的——但是看到這裡，也許你會覺得，這樣的故事是被寫出來的美好意願，本就不切實際，現實生活是重重坎坷的，也未必會遇見能夠願意一起來解決困難的陪同者。

　　可是換個角度來看，古代的人中龍鳳，也時有舉步維艱之時，我等凡夫俗子，又怎能逃過天降歷練呢？

　　不妨將困難當做尋寶遊戲，去研究它的起因、過程與結果，說不定還會發現奇妙的「前世今生」，就彷彿是為自己親自打開了另一個出口的大門。

　　我的這本小說，與此前的《孟婆傳奇》系列有著非常明顯的不同之處，如果說《孟婆傳奇》是「相濡以沫，不如相忘於江湖」，那麼《開元霓裳樓》便是充滿了現實主義的「王侯將相，寧有種乎」。但她仍舊傳承著我美好的心願——透過故事，帶給更多的人「頓悟」，哪怕只有一瞬間，也不枉文字的魅力了。

　　天道自然，人道自為，人生不如意是為常態。想來人生路上風雨兼程，時而陽光明媚，時而陰風怒號。任何事情都有

兩面性，有壞的一面，就有好的一面。我們不能改變事情的性質，但能選擇看待事情的角度，心態好，則事事好；心放寬，則事事安。生是死之根，死是生之苗，一如小說中的人物，也都有著我們每個人的縮影。

只是，故事中的主角也和我們一樣，在經歷了浩劫、背叛、恐懼與絕望之後，仍是選擇了熱愛生命與自己。當然，這的確是我人為來賦予他們的品質，但，這也是我所希望自己能夠達到的階段——愛我們當下所擁有的一切，哪怕是困境。

謹以此書獻給我親愛的父親，也獻給我摯愛的所有家人與朋友們，以及同在紅塵中修行的讀者們，是因為你們的陪伴與支持，我才能擁有如此之多的幸福美好，與多樣化的人生體驗。

李莎隨筆集：何事不可愛

作　　　者／李莎
美 術 編 輯／孤獨船長工作室
責 任 編 輯／許典春
企畫選書人／賈俊國

總　編　輯／賈俊國
副 總 編 輯／蘇士尹
行 銷 企 畫／張莉滎・蕭羽猜・黃欣

發　行　人／何飛鵬
法 律 顧 問／元禾法律事務所王子文律師
出　　　版／布克文化出版事業部
　　　　　　臺北市中山區民生東路二段 141 號 8 樓
　　　　　　電話：(02)2500-7008 傳真：(02)2502-7676
　　　　　　Email：sbooker.service@cite.com.tw
發　　　行／英屬蓋曼群島商家庭傳媒股份有限公司城邦分公司
　　　　　　臺北市中山區民生東路二段 141 號 2 樓
　　　　　　書虫客服服務專線：(02)2500-7718；2500-7719
　　　　　　24 小時傳真專線：(02)2500-1990；2500-1991
　　　　　　劃撥帳號：19863813；戶名：書虫股份有限公司
　　　　　　讀者服務信箱：service@readingclub.com.tw
香港發行所／城邦（香港）出版集團有限公司
　　　　　　香港灣仔駱克道 193 號東超商業中心 1 樓
　　　　　　電話：+852-2508-6231 傳真：+852-2578-9337
　　　　　　Email：hkcite@biznetvigator.com
馬新發行所／城邦（馬新）出版集團 Cité (M) Sdn.Bhd.
　　　　　　41，Jalan Radin Anum，Bandar Baru Sri Petaling，
　　　　　　57000 Kuala Lumpur，Malaysia
　　　　　　電話：+603-9057-8822 傳真：+603-9057-6622
　　　　　　Email：cite@cite.com.my
印　　　刷／韋懋實業有限公司
初　　　版／2023 年 8 月
定　　　價／300 元
Ｉ Ｓ Ｂ Ｎ／978-626-7337-25-7
Ｅ Ｉ Ｓ Ｂ Ｎ／9786267337271（EPUB）

城邦讀書花園　布克文化
www.cite.com.tw　WWW.SBOOKER.COM.TW